夜明けのすべて

瀬尾まいこ

水鈴社

1

いったい私は周りにどういう人間だと思われたいのだろうか。

まじめで誠実。それはどこか違うし、明朗快活というのでもない。気が利いて優しいのはいいとは思うけれど、そればかりでもない。仕事ができると評価されたいわけでも、地位や名誉がほしいわけでもない。何も欲していないはずなのに、どうふるまうのがいいのかいちいち悩んでしまう。

今の栗田金属で働き始めて、もう三年が経つ。雨どいや瓦などの建築資材や、釘や針金などの金物をホームセンターや商店に卸す、社員六名の小さな会社。

社長の栗田さんは六十八歳で、年のせいか小さいことには動じず、なんでも鷹揚《おうよう》に受け止めてくれる。私と一緒に事務をしている住川さんははきはき物を言う人ではあるけれど、そこにたいした意味はなく世話好きで悪気のない人だ。社員も六十歳前後のおじさんで、平西さんはおしゃべりでいつもみんなを笑わせてくれるし、鈴木さんは黙々と作業をするけど不愛想なわけではなく優しい人だ。先月入社した男の子に至っては穏やかなのを通りこしてぼんやりしている。こののどかな職場で、誰かに嫌われたり疎《うと》まれたりすることは起きそうにない。

それがわかっているのに、私は誰のどんな目を気にしているのだろう。せめてありたい自分像があれば、もう少し簡単にふるまえる気もする。それすらもないのに、人にどう思われるかが気になって、いつもどこかがぎくしゃくしている。そして、何よりそういう自分にうんざりする。

急がないと。

昼休憩にコンビニに来た私は、適当におにぎりを二つ選んでレジの列に並んだ。社長や平西さんたちは奥さんに作ってもらった弁当や買い置きしているカップラーメンを食べるし、住川さんは旦那の分を作るついでと毎日手作り弁当だ。私もいつもは出勤前に買ってきていて、昼時に外に出る人はいない。一時間の休憩時間、どこで何をしようと自由で、誰も気にしないことはわかっている。そうだけど、一人だけ外に出ているのは気がひける。焦ってレジに並びながら、はっとした。いや、ちょっと待って。コンビニまで来て、自分の分だけ買い物をして戻るってどうだろう。たった六名の会社だ。みんなにも何か買っておいたほうがいい。食後だろうし、軽く食べられるもの。何がいいだろうか。私は狭い店内を何度か回った挙句、シュークリームをかごに加えてもう一度レジに並んだ。

「ただいま帰りました」

「おお、お帰りー」

私がドアを開けると、平西さんと鈴木さんがラーメンをすすりながら言った。事務所内
はカップラーメンとレンジで温めた弁当のにおいが充満している。

早いところ食べないとな。私は席に着くとおにぎりを開けた。

「あら、美紗ちゃん、けっこう買ったんだね。意外によく食べるんだ」

隣の席の住川さんが私の袋を見て言った。

「あ、これはみなさんにもと思って、シュークリーム買ってきたんです。もう、配ったほ
うがいいですかね」

職場に女性社員は私と住川さんだけなのに、一人でお菓子を配るのは、抜け駆けのよう
な気もする。私は袋の中を住川さんに見せた。

「うわ、やったね。ちょうど甘い物欲しかったんだー。私、お茶淹れるわ」

住川さんは立ち上がった。

「お茶は私が。住川さんはシュークリームを……」

「若い子からもらったほうがおじさんたちは喜ぶんだから、美紗ちゃん渡してよ」

住川さんはそう言うと、「私たちだけ紅茶にしちゃおう」と微笑んだ。

「いいですね。ありがとうございます」

と頭を下げ、私はシュークリームを配りはじめた。

一ヶ月前に入社した山添君を除いて、おじさんばかりの職場。「甘い物でも食べて一息入れてくださいね」くらいのことを言えば、空気を和ませられるだろうとわかっているのに、それはこびているようでいやらしいかもしれないとも思って、「どうぞ」とテーブルの隅に置くことしかできない。私の言動など誰一人気にしていないのは、十分わかっているのに。まったくやれやれだなと席に戻ると、

「すみません。ぼく、おなかすいてないんで」

と山添君がシュークリームを返してきた。

「え?」

「だから、これ、いりません」

「それなら、家ででもどうぞ」

「クリームいっぱいの食べ物、得意じゃないんで」

「ああ、そう……」

いちいち返さなくても持って帰ればいいのに。私は山添君に返されたシュークリームをコンビニの袋の中に戻した。

入社間もない山添君は、この穏やかな職場の中でも浮いている。出勤時間は誰よりも遅いくせに、仕事が終われば一目散に会社を出る。口の中にガムや飴を入れながら仕事をし、先輩たちと交流を持とうともしない。挨拶する声も小さいし、動きも緩慢。ついでに、共同の冷蔵庫には彼の炭酸飲料が何本も入れられている。

私より三つ年下なだけで、これが最近の若者なのかと驚くことばかりだ。


「うわ、山添君って、前はすごい会社にいたんだな。それがうちに?」

一ヶ月前。面接に来た山添君を前に、履歴書に目を通した社長は驚いた声を出した。

「まあ、はあ」

どこかやつれた山添君は、力なく頭をかいた。

「そういや、藤沢さんも大手にいたよね。うちの会社って超小規模だけど、実はある筋では評判なのかな?」

社長に聞かれて、

「いやあ、どうなんでしょう」

と私はあいまいに笑った。どの筋でもこの社の評判は聞いたことがない。

「でも、山添君まだ二十五歳で、いいの？」

栗田社長は、三年前にここを訪れた私にも同じようなことを尋ねた。

「結婚の予定とかあるわけじゃないんだよね。それなのに、二十五歳でまだ若いのにというか、その、いいのかな。うちなんかに来てもらって」

申し訳なさそうに言う社長に、私は「もちろんです。お願いします」と頭を下げた。緊張しているのだろうか、山添君は「あ、はい」と社長の言葉にか弱い声でうなずいただけだった。

「山添君、コンサルティング会社にいたんなら、栗田金属もどうしたら発展するかアドバイスしてくれよな」

栗田社長はそう笑っていたが、仕事を始めて一ヶ月。アドバイスどころか、山添君が活躍をしているところなど一度も見たことがなかった。


一ヶ月前のことを思い出していると、シュパッという音が耳に入ってきた。またいつものだ。目をやると、山添君がペットボトルの炭酸飲料を飲んでいるのが見えた。炭酸の空気が抜ける音って、耳につくな……。あれ？　こんな小さな物音が気になるなんて。私はカレンダーを確認した。十一月七日。もしかして……。

炭酸を何口か飲みキャップを閉めると、山添君は眠そうな顔で机の上の書類に目を通しはじめた。気にするのはやめて、早いところお昼を食べてしまおう。私がおにぎりを口に入れると、またプシュッという音が響く。間の抜けた音に胸が速まるのを感じる。

どうしたんだ。ただキャップを開けただけじゃないか。それが何だっていうんだ。まだ大丈夫。予定まで三日もある。心を落ち着かせようと深呼吸したはずなのに、次のキャップを開ける音に体が一気にざわついて、

「炭酸飲むのやめてほしいんだけど」

と私の口からは勝手に言葉が出ていた。

「はあ……」

離れた席から山添君がぼんやりとうなずく。

「その音、すごく耳につくし」

山添君などほうっておけばいいのに、私はまだ言葉をつづけていた。落ち着け、落ち着け。まだあの日じゃないのだから、治まるはずだ。このいらだちは気のせいだ。そう言い聞かせているのに、私は「本当に嫌だ」と言わずにはいられなかった。

「はあ……」

返ってくるのはさっきと同じ返事。山添君が戸惑うのは当然だ。たかが、炭酸飲料を開けただけでこんなに騒がれたんじゃ、どうしようもない。そう思う一方で、いらだちは抑えようもなく高まっていく。

「炭酸ばかり飲んでないで、さっさと仕事すればいいのに」

ああ、なんて意地の悪いことを言ってるんだろう。自分の言葉にぞっとする。もうここまでにしよう。自分のことを棚に上げて恥ずかしい。今なら止められるはずだ。えっと、なんだっけ。そうだ。丹田《たんでん》を意識して、チャクラをイメージして……。ヨガで身につけたことを実践しようとしてみても一度外れてしまったストッパーはもう戻らなかった。

住川さんが、

「ほらほら美紗ちゃん、お茶でも飲んで一息入れよう」

となだめるのに、

「私おかしなこと言ってますか」

と声は強くなる一方だ。

だめだ。こうなると、最後まで爆発させないといらだちは消えてくれない。自分の心なのに、自分の体なのに、自分では動かせなくなる。

山添君は、私の勢いに驚いて呆然としていたものの、この場を去るのが一番だと思ったのか、

「ぼく、荷積み行ってきます」

と小声で社長に告げて倉庫のほうへ出て行こうとした。社長も「おお、そうだな」と言っている。それでも、私は止まらなかった。

「待ってよ。まだ言いたいことあるのに」

最後まで相手を追いつめないと、イライラは治められない。こうなった私はどうしようもないのだ。

「でも……」

山添君はどうしたものかと足を止める。

「まあまあ。さ、いいから、山添君行って」

社長が山添君の背中を押し、

「わかった。わかったから。ね、美紗ちゃん」

と、住川さんが私の机にお茶を置く。みんなを困らせているのはわかっている。けれども、私の心は怒りのままに動いてしまう。

「私がおかしいみたいに、なんなんですか？」

どうしてみんなでうやむやにするのだ。私はまだ言い終えてない。まだ言いたいことがある。そう一歩踏み出そうとしたとたん、ふらっときた。足元から掬《すく》われるような体が浮く感じ。指先がひんやりと温度をなくしていくのに、顔はぼうっと熱くなる。ああ、来た、やっぱり来てしまっていたんだ。


二十五日から三十日に一度。生理の日やその二、三日前、私はどうしようもなくいらだってしまう。生理が始まる前から、精神的に不安定になったり、頭痛やめまいに悩まされたりするのはよくあることだけど、その症状がひどいと月経前症候群《PMS》と診断される。私もそうだ。不安で眠れなくなる人や無気力になる人に悲観的になる人、ＰＭＳには様々な症状があるらしいけど、私の場合はこれといった要因もないのに、かっと血が上って攻撃的になってしまう。周りが見えなくなり、歯止めもきかなくなって、怒りを爆発しきるまで治まらなくなるのだ。

　もちろん、病院にも通い、いいと言われることはほとんどやってきた。ピルは、父が血栓症になったことがあって医者に止められ使用できなかったが、漢方やサプリを飲み、勧められるままに太極拳にヨガにピラティスもした。鍼《はり》にも整体にも通い、添加物や農薬が自律神経を乱すと本で読めば、オーガニックにこだわった食事もした。バランスのとれた食事に質の良い睡眠に程よい運動。おかげで、肌はきれいになったし、風邪もひかない丈夫な体にもなった。だけど、肝心の生理前のイライラと、その後に襲うめまいや冷えは未だに軽減されていない。

　生理が始まったばかりの中学生のころは、それほどひどくもなく、思春期のせいで気が立つのだくらいに思っていた。高校生になり、次第に突然来る怒りは激しくなっていったけれど、学生のころは許されることが多かった。学校でいらだちを爆発させてしまうこともあったけど、周りも楽しんで見ているところもあったし、月に一度の欠席くらいは何とかなった。

　ただ、年々ひどくなる症状に、高校三年生の時、母親に婦人科に連れていかれた。婦人科など妊娠している人が行くところではないかと拒否したが、訪れたショッピングモール内にある病院は、清潔で明るく、先生も穏やかな女医さんで、こんなことなら早く受診すればよかったとさえ思えた。先生は「なんでも思ったことを言っていいのよ」「ストレスは大敵だから、不満をため込まないように」と優しい言葉を投げかけてくれ、ＰＭＳだろうと診断された。日本語だと、月経前症候群というらしい。診断名がつけられ気は楽になったものの、処方された漢方薬を飲み続けても、たいした効き目はなかった。

　大学生になると、自由な時間も増えたから、あれこれ挑戦した。ハーブティーにアロマにサプリ。毎晩ストレッチを丁寧にし、ヨガにもピラティスにも通った。しかし、手ごたえを感じることはなかった。それでも、大学は休みやすかったから、生理三日前くらいから家で過ごし、自分の部屋で物にあたっていれば、それで済んだ。

　問題は社会に出てからだった。私は大学を出てすぐに化学製品を扱う企業に就職した。社会人になって最初のＰＭＳは、家に帰ってから襲ってきた。一人暮らしを始めていた私は、部屋で壁に向かって物を投げているうちにいらだちを治めることができた。次の日、貧血気味の青い顔で仕事をしていると、女性の先輩が気遣って早く帰っていいよと言ってくれたくらいだ。

ところが、二ヶ月目はそうはいかなかった。私の生理は二十五日から三十日周期で予測しづらい上に、なるときには予感がない。降ってわいたようにイライラしたら、ＰＭＳが始まるのだ。

仕事にようやく慣れてきた五月の連休明け、

「あ、コピーね」

と係長が私の机の上にさらりと用紙を置くのに突然カチンときた。用紙には付箋が貼られ三十五部と書かれている。

「あ、コピーね、って言いました？」

私は立ち上がって係長のほうに体を向けた。

「ああ」

係長はそれがどうしたんだという顔をしている。

「コピーね、だけでは意味が通じません」

「はあ」

「コピーを三十五部とるようにと言ってくれないとわかりません」

気の弱そうな係長は、私に迫られ弱々しく「参ったな」と笑った。

「こんなふうに適当に机に置かれた書類、うっかり見過ごしても誰も責められませんよね」

「ああ、そうだな。藤沢さんの言うとおりだ」

係長は丸く収めたいのだろう。素直に私に頭を下げた。ここでやめておくべきだと頭の隅っこでは言っている。最初はおもしろそうに見ていた周りも、係長が新入社員に文句を言われている姿に同情を送っている。もう一言発したら、私は完全に悪者になる。それがわかっているのに、私の口は攻撃を止めなかった。就職したばかりで抱えていた緊張感も、いらだちに拍車をかけた。

「新人なんかなだめておけばいいっていう言い方やめてください」

「いや、気を悪くしたかな。本当に藤沢さんの言うように、書類は丁寧に扱わないとなと思ったんだ」

係長はなんて心が広いのだろう。それに、私にはたいした主張があるわけではない。コピーくらいいくらでも取っていいと思っている。それなのに、私の中の爆発は、決着をつけないと消えてはくれない。

「本当にいやだ」

そう言いながら涙まで流れてきた。周りはあまりの情緒不安定さにひいているし、私のしつこさにうんざりしている。でも衝動には勝てなかった。

「とにかくコピーはお断りします」

私は書類を係長につき返した。

「そうだよな」

係長は私のそばを離れると、自分でコピー機へと向かった。

それからどうやって一日を過ごしたのかよく覚えていない。頭はぼんやりとして手足が凍りそうになるくらい寒かった。わかっているのはそれだけだ。家に帰ると、めまいと同時に後悔が襲ってきた。私は係長が嫌いなわけでも、女だからと雑用をさせられるのがおかしいと思っているわけでもない。いらだちが私を動かしているだけだ。けれど、そんな言い分、誰が受け入れてくれるだろう。係長に言ったことを思い出すだけで、ぞっとした。

明日どんな顔をして会社に行けばいいのだ。とても仕事などできそうにない。いや、自分が思っているほどみんな気にしていないはずだ。大丈夫。休むのはよくない。ここで休めばなおさら行きにくくなる。何とか自分を奮い立たせ、翌日は意を決して出社した。係長や上司に丁重に詫び、体調不良で精神的に参っていたようですと謝ると、顔色も優れなかったせいか、仕事を始めたばかりでストレスがたまっていたのだろうと表面上は許してもらえた。

この会社にいたいのなら、社会人としてやっていくのなら、もう失敗は許されない。そう思い知った。漢方薬やハーブティーでしのいでいる場合ではない。ヨガやストレッチで心を整えているだけでは意味がない。ＰＭＳで数日苦しむ人も多いけど、私は月に一度その日が過ぎれば普通の毎日が訪れる。そのせいか、感情のコントロールに悩みつつも、長年抱えているうちに慣れも出てきて、どこかで流してしまっていたところがあった。でも、本気で治そうとしなければだめだ。私はネットでPMSに詳しい医者を探した。

レディースクリニックと名前を掲げたその病院は、カフェか美容院を思わせるようなおしゃれな建物で、軽快な音楽が流れゆったりとした雰囲気だった。

医者はまだ若い男性で少々緊張したが、柔らかい口調に、今までのことを話すことができた。カフェインもアルコールも摂っていないし、ハーブティーもアロマも試してみた。ストレスをためないようにしているつもりだし、適度に体も動かしている。私がそう話すのを、先生は「そうだよね」「うん、なるほど」と丁寧に答えながら聞いてくれた。

「今、藤沢さんが一番何とかしたいのは何かな?」

「生理直前に訪れるイライラです。このままだと仕事もできなくなりそうで……」

「だよね。即効性を求めるなら、薬に頼るのも手だよ」

医者はそう言って、小さな錠剤を私に見せた。

「神経が立っている時、脳から出るセロトニンを増やせば、気持ちが穏やかになる。五分程度で効いてくるから、イライラしそうになったら飲めばいいよ」

「はあ……」

こんな小さな粒で、あの巨大な気持ちの爆発が抑えられるなんて信じがたかった。

「漢方と違って、すぐに効くから。ただ、人によっては、慣れないうちは眠気やめまいの副作用があるから、最初飲むときは家で試してみて」

「はい」

病院から帰ってすぐ、私は薬を飲んでみた。気持ちを落ち着かせるってどんな感じになるのだろうか。頭痛や腹痛を抑えることができても、薬で感情までコントロールすることなんてできるのだろうか。そう思っていたが、飲んで十分もたたないうちに、とんでもない眠気が襲ってきた。

寝たくもないのに引きずられていくような、体の奥底までとらえられてしまう感覚。やばい。そう感じているうちに、意識はふわふわとどこかに流れていくようで、私はそのまま眠りに落ちていた。

床の上で三十分ほど眠っていただろうか。気がつくと軽い倦怠感《けんたいかん》が残っていた。こんなに力がある薬を飲んだことがない。

薬の強さに驚きながらも、普通の状態の時に飲んだから眠くなっただけだ。イライラが起こる時に飲むと、治めてくれるにちがいないと思った。医者も慣れれば副作用は出なくなると言っていた。次、ＰＭＳになる時に飲んでみよう。他に方法はないのだ。

前の生理から二十四日目の六月一日。少し早いかもしれないが、いらだちが今日起こる可能性もある。私は会社に着いてすぐに薬を飲んだ。ここは職場なのだ。緊張感もあるし、そうそう眠くならないはずだ。

けれど、服用して十分ほどたっただろうか。またあの眠気がやってきた。だめだ、だめだ。自分で頬をつねって、頭を振る。

「あ、藤沢さん、会議室の準備お願いね」

上司の古山さんに言われ、「はい」と答えたつもりが、声が出ない。

「聞こえてる？　会議室の設定、よろしく」

「わかりました」

と立ち上がったとたん、ふらっときた。

「大丈夫？」

「あ、はい」

うまく答えればいいのに、頭がぼうっとしているせいで、

「貧血？」

と聞かれ、

「いえ、眠いだけで」

と返答して、古山さんに苦笑された。

動けば目も覚める。私は会議室に向かうと、机や椅子の向きを変え、資料をテーブルに並べた。頭の動きも体の動きも鈍っていて、作業にいつもより時間がかかったが、これで大丈夫だ。

会議が始まるまで数分ある。少しだけ。少しだけ目を閉じれば、そのほうがすっきりする。立ったままなら、二、三分で目も覚める。副作用で頭がうまく働いていないせいか、なぜかそう考えた私は、会議室の隅の壁に寄りかかり、そのまま目を閉じた。気がついたのは、会議室に入ってきたみんなの声でだ。

「おお、びっくりした」

「どうしたの？」

何人かの驚く声が聞こえ、

「ちょっと、藤沢さん。まさか寝てるの？」

と、古山さんに肩を揺すられ目が覚めた。

「あ、あれ……」

立っていたつもりが、いつのまにか座り込み会議室の片隅で私は熟睡していた。

「朝からあきれるわ」

という古山さんのしかめっ面が見え、

「ヒステリーの次は、熟睡？　怖いよね」

「新入社員なのに、すごいな」

という声が聞こえた。

終わった。自分ではコントロールできない眠気。こんな薬、飲めるわけがない。そして、もうすぐあのイライラがやってくるのだ。今度私がいらだちを爆発させたら、とんでもない人物だと思われるだろう。

いらだちがやってくる前に、そうだ、今日中に辞表を出そう。おかしな人間だと思われながら働くなんてできない。もうここに一分だっていられない。逃げるように駆け込んだトイレで顔を洗うと、私はそう決心していた。仕事を失うことと、こんな自分をさらしたままでいることは、私には同じくらい重いことだった。

勤務二ヶ月の新入社員。いてもいなくても、いや、私の場合いないほうがいい存在だったのだろう。辞めることへの申し訳ない思いや、引き継ぎなどしなくてもいいのだろうかという不安は必要なかったようで、退職願は「残念だけど、職場、合わないみたいだししかたないな」とあっさりと受理された。

仕事を辞めた後、生理が始まり一週間ほど家で過ごした。だけど、病気のわけではない。体力もあるし、動いていたい。PMSでないときの私は健康そのものなのだ。それにお金がなければ生活できない。ぐずぐず言っていてもしかたがない。家にいると滅入るだけだ。私は無理やり気持ちを切り替え、生理が終わるとすぐにバイト先を探し、それから二年ほど、自由が利くアルバイトで生活をした。スーパーのレジとファミレスのホール。生理前以外は土日や夜も入れるのだ。生活できるだけのお金は十分得ることができた。

けれど、どこかでこのままでいいわけない。十年後、二十年後、同じような暮らしができるだろうか、という不安も抱えていた。この体に負けるわけにはいかない。月のうちたった一日だ。それだけのことにひっぱられて、毎日をなおざりにはしたくない。

会社を辞めて二年。二十五歳になって、私は仕事を探し始めた。ハローワークに通っては、融通が利きそうな小さな会社を探し面接を受けた。正直にPMSのことを話すと、「うーん、どうかな」と首を傾げられては不採用となっていたが、六社目に受けた栗田金属でようやくOKをもらえた。

「わしの嫁さんも毎日イライラして毎日怒ってるよ」

月に一度、神経がいらだって自分でもコントロールできないくらいにヒステリックになると打ち明けると、社長はそう言った。

「私も更年期だからわかるわー」

住川さんはそう言って、更年期のつらさを語ってくれた。

告白した分わずかに気は楽ではあったけど、実際に私が爆発するのを見たらみんなどう思うだろうかという心配は無用だった。何度私がヒステリックになっても、

「月に一度怒り出すだけで、他の日はにこやかに仕事してくれるんだもん。全然問題ないよ」

と社長は言い、住川さんも、

「本人はしんどそうだけど、周りで見てる分にはおもしろいもんね」

と笑ってくれた。

そんな二人の影響か、社員の平西さんも鈴木さんも、

「藤沢さんに標的にされないようにまじめに仕事しなきゃな」

「来月は給料上げろって社長に怒鳴ってくれよ」

と私のいらだちを軽いものにしてくれた。

仕事内容は単調ではあったが、居心地は最高にいい職場だ。そのおかげで、一、二ヶ月に一度は会社で周りにあたりながらも、三年間ここで働いてきた。


昨日は山添君にいらだちをぶつけた後、めまいが治まらず早退した。早く帰ることに最初は罪悪感もあったが、小規模で仕事量が少ないせいか、この会社では誰かが二、三日休んでも、支障は出ない。みんなも気に留めずにいてくれた。

「お騒がせしてすみません」

朝から謝罪をしながら焼き菓子を配ると、社長は、

「ちょうど今日甘いもの食べたかったんだよね」

と笑ってくれた。

「いつか山添君にキレるだろうなって思ってたんだよなあ」

平西さんはさっそく菓子の封を開けた。

「あいつ、ぼけっとしてるもんな。藤沢さんに怒鳴られても、今日も遅れてくるっていい根性してるよ。俺なら怒られた翌日は三倍働くけどな」

陽気な平西さんはなんでも冗談にしてしまう。最初はどこまで本気かわからず戸惑うこともあったけど、今では平西さんの軽口に救われている。

「遅れました。すみません」

と、始業ぎりぎりに、誰に言うでもなくぼそぼそつぶやきながら山添君が事務所に入ってきた。

「あ、あの、これ」

「はあ……どうも」

私が焼き菓子をデスクに置くのに、山添君は頭を下げた。

「昨日はちょっとイライラして。本当にすみません」

「いいです。炭酸控えないといけないと思いつつ飲んでしまってたんで……」

山添君はそう言って焼き菓子を机の端に寄せて、鞄を置いた。

この会社の人は、社長をはじめ、みんな年のせいもあってたいていのことは気にせずにいてくれる。だけど、山添君はまだ二十五歳だ。唐突に怒鳴り出した私に驚いたはずだと心配していたけど、本当に気にならないのか、その表情は普段と一切変わらなかった。

「藤沢さんが怒って、その翌日お菓子がもらえるっていうのは、わが社の恒例のお楽しみだからな。よし、みんなそろったな。では無理なくけがなく安全に。今日もよろしく」

社長の声が聞こえ、私は自分の席に戻った。

山添君は、いつもどおりガムを嚙みながら伝票を確認している。山添君に私の状況を説明したほうがいいかもしれないと思っていたけど、その必要はなさそうだ。

「すごい図太さだね」

と住川さんが言うのに、

「ええ。まあ、よかったってことですね」

とうなずいて、私はパソコンを開いた。

今日も五時まで。しっかり働かないとな。昨日迷惑をかけた分を取り返さないと。私は一つ息を吐くと伝票の整理を始めた。

＊

十一月も下旬に入り、秋の終わりを飛び越したような寒い日が続いた。

「こう寒いとさ、水回りの掃除が嫌になるよね」

住川さんが給湯器そばのシンク周りを拭きながら言った。古いシンクは毎日こまめに掃除しても薄汚れている。

「男たちって気にならないのかしら……」

「私も割と平気ですけどね」

「本当に？」

私の言葉に住川さんは疑わしげな声を出した。

「美紗ちゃん、家じゅうピカピカにしないと気が済まないタイプだと思ってたわ」

「一人暮らししてから、掃除機なんて一週間に一度かければいいとこですよ」

細かい人間だと思われてしまうことが多いけど、私は案外おおざっぱだ。几帳面だと言われると、人目を気にしがちな弱さを指摘されているような気がしてしまう。大まかだと思われているくらいがちょうどいい。三日に一度は掃除機をかけているけれど、私は少し大げさにそう言った。

「私、毎朝かけないとだめ。旦那や子どもが散らかし放題のせいだけどさ」

「たいへんですね。じゃあ、私、トイレ掃除してきます」

終業時間前、私と住川さんで事務所の掃除をする。誰に命じられたわけでもないけど、他にする人もいないし、さほど事務の仕事があるわけじゃないから十分手が回る。なんとなく目上の住川さんにしてもらうのは悪い気がして、トイレ掃除は私の役目だ。

「あれ？」

最後にトイレの床をシートで拭き終えた私は、薬が落ちているのに気づいた。アルミのシートが付いたまま二錠分。誰のだろうと、薬の名前を見てみる。ソラナックス。なんだっけ、この小さな錠剤見たことあると薬を手に事務所に戻ると、社長と住川さんが山添君のデスクに駆け寄るのが見えた。

「大丈夫です」

しゃがみこんだ山添君から頼りない声が聞こえる。

「大丈夫って、すごい汗出てるけど」

住川さんがタオルを山添君の顔に押し付けた。

「すみません。軽い貧血で、すぐ治まりますから」

血の気が引いた顔をした山添君は、しゃがみこんだままポケットや鞄を探っている。だけど、手元がおぼつかないから、うまく動けていない。

その様子に普段は無口な鈴木さんも、

「いったん横になったらどうだ」

と心配そうに立ちあがった。

「平気です」

そう答える山添君の声は震えていて、呼吸も荒い。じっとしていればいいのに、山添君は鞄の中身を床に広げだした。こんな状況で何を探しているんだ。まずは、無理せず横になるべきだ。それなのに……あ、そうか。薬だ。彼は薬を探しているんだ。思い出した。

ソラナックスはＰＭＳで通っていた病院でもらったことがある。恐ろしい眠気に襲われ、飲むのをやめてしまった薬。

私はトイレで拾った錠剤を山添君に握らせると、コップに水を注いで渡した。

2

突然すぎる出来事に何が起こっているのか、自分でもわからなかった。でも、その日のことは、はっきりと覚えている。

二年前、十月最初の日曜日だ。天気が良い日で、彼女の千尋と大きな公園を散歩した後、ラーメン屋に入った。少し遅めの昼ごはん。俺は塩ラーメンとチャーハンのセットを、彼女は醤油ラーメンを食べた。何度か行ったことのある店でここの塩ラーメンが好きだったのに、その日はなんとなくおいしく感じなかった。

「少し味落ちたかな」

「そう言いつつ完食してるじゃない」

「そうだな」

千尋に突っ込まれ「じゃあ、行こうか」と立ち上がったところ、ふらっと来た。立ちくらみだろうかとゆっくり足を進めようとすると、さらにぐらっときて、感じたことのない不快感が襲ってきた。吐きそうな倒れそうな、胃が痛むような血の気が引くような。体の力が抜けていきそうで、このままだと意識が遠のいてしまう。そう思った。

「どうしたの？」

「どうしたんだろう……なんか気分が悪い」

そう答えながら外に出たいと思った俺は、千尋に財布を渡すと先に店を出た。

風にあたるとましになりそうな気がしたがそれは一瞬で、どんどん不快感が押し寄せてきた。体のどこにも痛みはないのに、とんでもない気持ちの悪さだ。

「大丈夫？」

「ああ」

とうなずこうと思ったのに、足元から崩れるように倒れこんでしまった。

「どうしよう。救急車呼ぶ？」

千尋が心配そうに声をかける。

救急車。それしかないか。このまま自力でどこかに行けそうにはない。一刻も早くこの苦しさを取り除かなくてはおかしくなりそうだ。

そう思う反面、救急車に乗ることが恐ろしくも思えた。車に乗せられ、ベッドに寝かされる様子を思い浮かべると体中がぞわぞわとした。倒れそうなのに、体はじっとさせられることを必死で拒んでいる。

「いや……どうだろう……」

「とりあえず、タクシー呼んで、救急病院に行こう」

千尋はそう言うや否や、大きな道路に向かって手を上げた。

「あ、ああ……」

いったいどうしたというのだろう。体調は少しも悪くなかった。朝から公園で軽いジョグだってした。それなのに、体が得体のしれない気分の悪さでいっぱいになっていく。彼女に促されるままタクシーに乗り、一番近い救急対応できる病院に運んでもらった時には、立っているのがやっとだった。

病院に着くとすぐに、「過呼吸だね」と看護師に紙袋を渡され、そのままベッドに寝かされると血圧やら脈拍やらを測られた。その間もじっとしていられず体を起こそうとしては、「動かないで」と注意された。簡単な検査を受けているうちに、呼吸は少しずつ落ち着きはじめ、遠のきかけた意識が確かになってきた。なんとか持ちこたえられたようだ。ひととおり検査を終え、いざ診察となると、医者を前にどう説明していいかわからなかった。

どこも痛くはない。何の症状か不明だ。ただ、いいようもない気持ち悪さとしんどさがある。めまいのような意識が遠のく感覚。一刻も早く自分の家で横になりたかった。早くそうしないとおかしくなってしまいそうだった。そんなことをまとまらないままに告げると、

「その症状だと、脳か心臓関連かなと思うんだけど、言葉にもつれはないし、指も動かせてるよね」

「はあ……」

「だったら、脳のＭＲＩはいいかな。もしかしたら心因性かも」

「心因性……？」

「心の問題ってこと」

医者の見立てに驚いた。

「そんな。ストレスも何もないですし、とくに困っていることもないですけど」

仕事もプライベートも充実しているし、深刻な悩みは一つもない。俺がそう答えると、

「だいたいそういう人がなりやすいんだよね。まあ、念のために明日か明後日にでも、落ち着いたら循環器の検査受けて」

医者はそう告げて、吐き気止めと胃薬を出してくれた。

救急で病院に行ったのだから、もっと大掛かりな処置をされるのかと思っていたが、それだけで診察は終わった。

会計を済ませ、待ってくれていた彼女と家に向かうころには、体の底に気持ちの悪さが残るだけで、症状は落ち着いていた。

「疲れが出たんじゃない？」

「ああ、そうかもな」

「今日はもうゆっくり寝て」

「わかった」

そう千尋にうなずきながらも、どこも疲れていなかったのにと不思議でしかたがなかった。

その日はそのまま千尋と別れてアパートに戻り、医者がくれた薬を飲んで横になった。まとわりつくようなだるさと胃の違和感が残ってはいたが、倒れそうなしんどさは消えていた。寝ころびながらスマホで今の症状が何なのかと調べているうちに、うとうととしていた。

翌日、目覚めたとたん、体中がぞわぞわとしはじめた。いったいなんだ。やはり、どこか悪いのだろうか。はっきりと説明できるような症状も痛みもない。ただ、外に出たらまた倒れてしまうということだけは強く感じた。今まで一度も味わったことのない感覚。なんだろう、これは。

今日は仕事を早く切り上げ、帰りに循環器内科の診察を受けるつもりだったが、会社に行けそうにはなかった。日曜日にめまいを起こし救急に行ったこと、今日は大事を取って休み、病院で検査を受けることを連絡すると、上司は「いつもがんばってるもんな。ゆっくり休めよ」といたわってくれた。

電話を切ると同時に、昨日と同じ意識が遠のきそうな感覚に襲われた。頭を氷で冷やしてみたり横になったりしてみたが、落ち着かない。苦しいのに、体が何を欲しているのかがわからない。一刻も早くこの症状を抑える処置をしないと、生活することができない。

とにかく早く病院に行こうと、近所の循環器系内科を調べ、すぐに向かった。待合室にいるだけで息苦しくなり、何度も立ち上がったり水を飲んだりを繰り返した。採血と心電図の検査も、ぎりぎりのところで耐え忍んだくらいだ。その後、二十四時間心臓の動きを見るという機械をつけられた。

「この気持ち悪さをとめたいんです」

と訴えると、医者は救急病院で言われたのと同じく、

「心電図には異常はないし、もしかしたら心因性の可能性があるかもしれませんね」

と告げた。

「心因性……。今、どうにかできないんでしょうか」

「ここは専門じゃないので。検査結果がわかるのは明日以降になるし、あまり気にせずゆっくりしてください」

医者はあいまいなことを言うだけで、薬すらもらえなかった。

なんとかアパートに戻ると、どっと疲れが押し寄せ、それと同時にぞっとした。病院へ行って戻るまで二時間足らず。この短時間の外出がままならないのだ。これから俺はどう

やって生きていけばいいのだろう。

カレンダーを眺めてみる。明日も明後日も当然仕事で、木曜日は新しい企画を発表する。土曜日は学生時代の友人たちとバーベキューに行くつもりで、その次の週は千尋の誕生日でレストランを予約した。月末には助っ人として会社の草野球の試合に参加する約束だ。一昨日までは、どれもこれも楽しみだった。企画は自信があったし、半年に一度の友人たちとの集まりも待ち遠しかった。それなのに、今目の前にあるのは不安だけだ。どうしてだろう、楽しみという感情はきれいさっぱり消え失せていた。

漠然とした重苦しい不安。何度も押し寄せる意識が遠のく感覚。体中がぞわぞわと騒いで落ち着かない状態。何が原因で、こんな得体のしれない症状になるのだろうか。

入社して半年が過ぎ、仕事も慣れ楽しくなってきた。職場の人間関係も良好だ。上司は気さくで俺の仕事ぶりを買ってくれてもいる。プライベートも問題ない。学生時代から付き合っている千尋は心配性ではあるけど、まっすぐで朗らかで一緒にいると楽しい。友人にも恵まれている。完璧な毎日というわけではないが、充実している。仕事で疲れることがあっても、悩みやストレスはほとんどない。だから、救急で医者に「心因性かもしれない」と言われた時、ぴんと来なかった。

けれど、今日の医者も同じことを言った。突然起こる動悸、死ぬんじゃないかという恐怖。じっとしていなくてはいけない場で苦しくなり、突然わいてくる不安が消えず、外に出るのが怖い。これはただの病気とは思えない。おかしくなっているのは体だけじゃない。

心当たりなどないけど、これが心因性の病気なのだろうか。

血液や心臓検査の結果を待ってはいられなかった。今、ここにあるとてつもない苦しさを早く取り除きたい。そうしないと、頭がおかしくなってしまいそうだった。

心因性の症状は心療内科が専門だとネットで調べ、驚いた。今までそんな病院があることすら知らなかったが、俺の住まいから三十分で行ける範囲に心療内科は四つもある。ただ、どこも予約が必須のようだ。俺は評判がよさそうなところに電話をかけた。

「どうされましたか？」

電話口の女性はとても丁寧な声で話す。相手が心因性の病気だと、なにで傷つくかわからないからだろうか。

「内科で心因性の病気かもしれないと言われて」

「そうなんですね。今は大丈夫ですか？」

「ええ。今は」

「初診のご予約ですね」

「あ、はいお願いします」

「一番近いお日にちで、二ヶ月後となりますが……」

提案された日はあまりに先だ。そんなにも患者がいるのか。自分の周りで心療内科に通っているという話は聞いたことがなかったが、心因性の病気にかかっている人は想像以上に多いのだ。ただ、二ヶ月もこんな状態ではいられない。すぐにでも治めたいのだ。俺は「それなら結構です」と電話を切って、ほかの心療内科にあたった。そこでも同じ。新規の予約は一ヶ月待たないと取れないという。いったいどうすればいいんだと焦りながら電話した三件目の病院で、二日後水曜日の朝に予約が取れた。心療内科に行ける。この症状を診てもらえる。それだけで、救われた気がした。

翌日は心電図検査の機械をつけているという理由で仕事を休み、水曜の朝病院に行った後から出勤することを告げた。本当は機械をつけている間も普段どおりの生活をするようにと医者には言われていた。しかし、この体で会社に行けそうにはなかった。二日半も休むのは気が引けたが、日曜日に救急に行ったからだろう。上司は快く許してくれた。

千尋は何度も電話をくれ、会いに行こうかと心配してくれたが、まともに返せなかった。ずっと心臓が高鳴っているのだ。一人でじっと横になる。それ以外に、この状態を乗り切る方法は思いつかなかった。

大丈夫だ。今おかしくなっているだけだ。水曜日の朝、心療内科に行けばなんとかなる。四日前は何も考えず会社に行けていたのだ。薬さえ飲めば、また元に戻れる。そう信じてただ時が過ぎるのを待っていた。

火曜日夕方、循環器内科を訪れたが、予想どおり、検査結果に異常はなかった。

「ストレスのせいか、疲れがたまっているのでしょう。ゆっくりするのが一番ですよ」

循環器内科の医者はそう言った。ああ、そうだろう。ここでは今の俺の症状は治せないのだ。早く心療内科に行きたい。そこに行けばなんとかなる。頭の中はそれだけだった。救急で病院に行った時ほどではなかったが、言いようのない気持ち悪さに襲われるのを繰り返しながら、水曜日の朝を迎えた。

家から歩いて十五分。できてまだ二、三年しかたっていない医療ビルの中、人と会わないことを考えられているのだろうか。一番奥の目立たない場所に心療内科はあった。受付で名前を告げ、簡単に問診票に記入すると、すぐに診察室に通された。助かった。もう少しで元に戻れる。

「ああ、パニック障害だね」

まだ四十歳そこそこであろう医者は、症状を説明するとあっさりとそう言って、パニック障害について書かれたリーフレットを差し出した。

「逃げられない場や緊張を強いられる場に出ると、苦しくなるんだよね。落ち着かないのもパニックのせいだろう。えっと、薬は三種類で、まずは発作止めの薬。すぐに効くソラナックスと、じっくり効いてくれるメイラックス。後は、根本的に治癒していくためにＳＳＲＩ。つまり抗うつ剤を飲むんだけど、これはジェイゾロフトでいいかな」

触診も何もなく、自分の身に起きたことを簡単に話しただけで、もう薬の説明に入ってている。なんだって飲んで楽になりたいと思う一方、これでいいのかと不安にもなった。

「でも、ぼく、ストレスとかないほうで、今とくに気に病んでることとかもなくて……」

俺が付け加えると、

「うんうん、勘違いされがちだけど、パニック障害は心だけが原因じゃないんだよね。だから、薬飲んで治さなきゃね」

何回も説明してきた言葉なのであろう。医者はパソコンのカルテに処方を打ち込みながら答えた。

「はあ……」

「とりあえず薬飲んでみて。あと、乳酸がたまると発作が起きやすいから激しい運動は避けて、筋肉痛にならないようにね。アルコールやカフェインも控えるように」

そんな説明を受け、診療は終わり。もっと言うべきことや聞くべきことがあるはずだったのに、何を言えばいいのかはわからなかった。目に見えないところを診察するのだ。話を聞くしかないのだろう。それでも、症状を訴えるだけで薬を、しかも脳内に作用する薬をもらえることに違和感もあった。

抵抗を感じながらも、病院を出るとすぐに発作を止めてくれるというソラナックスを飲み、そのまま会社へ向かった。今は薬しか頼れないのだ。つべこべ言ってはいられない。すぐ効いてくると医者が言っていたように、飲んでしばらくして体がふわふわする感覚があった。ピリピリしていた神経が穏やかになっていく。小さな錠剤が持つ力に怖さも覚えたが、久しぶりに落ち着いていく感触は心地よかった。

会社まで電車で三十分。十時前の車内は普段乗る通勤ラッシュ時よりすいている。よかったと乗り込んでドアが閉まると同時に嫌な予感が起こった。

いや、気のせいだ。湧き上がりそうになる不安を抑え込む。医者は電車や歯科医など自由が利かない場で発作が起きやすいと説明していたが、俺はそういうのが苦手なわけじゃない。乗り物に対して恐怖心を抱いたことなどないし、どれだけ満員でも平気だったはずだ。そう言い聞かせているのに、体中から汗が出てくる。会社まであと五駅。何も起こるわけがない。薬だって飲んだんだ。俺はドアに体をもたせかけ、何度も深呼吸をした。あと四駅。駅に着きドアが開くたび大きく息を吸う。医者はパニック発作で死ぬことはないと言っていた。検査結果だって何もなかった。これは脳の誤作動によるただの発作だ。パニック障害についてのリーフレットに書かれていたことや医者の言葉を頭の中で繰り返しながら窓の外を見る。あと一駅。耐えるんだ。これ以上会社を休むわけにはいかない。ここで倒れてなんかいられない。俺はぐっと手を握りしめ、気が遠くなりそうになるのを抑えながら会社の最寄り駅まで向かった。

そのあと徒歩で五分程度。外を歩くのは電車の中よりずっとましではあったけど、会社に着いた時には、俺はふらふらだった。はたから見ても、今から仕事をするような状態ではなかったのだろう。

みんなは「大丈夫か?」「まだ本調子じゃないのに無理するな」と気遣う声をかけてくれた。

「いえ、平気です。すみません、二日以上も休んで」

そう答えつつ、薬の副作用だろうか、突然眠気と吐き気に襲われ、めまいがした。

「まあ、ぼちぼちやればいいからさ」

直属の上司である辻本課長の言葉に頭を下げ、自分の席に着いたとたん、やっぱり無理だ。そう思った。

ラーメンを食べたあの日曜日と同じ、指先から力が抜けていくような気持ち悪さが、ぞわぞわと襲ってきた。たくさんの人、終始流れる音、閉ざされた窓。無意識に俺は出口を確認している。どうしたっていうのだろう。閉じ込められているわけでも何もない。外に出たければ出ればいい。そうわかっているのに、助けてくれと心の奥で叫ぶのが聞こえ、じっと座っていることが苦しい。だめだ。俺はもう何もできない。俺がかかっている病気は、想像していたよりもずっとハードなのだ。

ソラナックスを追加して飲み、何度も「休んだほうがいい」と周りに言われながら、その日はやり過ごした。薬のせいか、発作のせいか、頭がぼんやりしてなにをどうしたか明確には覚えていない。

帰りは各駅停車に乗り、大げさではなく本当に命からがらアパートにたどり着くと、そのまま床に倒れこんだ。

もう外には出られない。電車になど乗れないし、会社には行けない。それが、今日一日を過ごした結論だ。何がどうなってしまったのだろう。先週まで、何の苦もなく何も考えずに毎日を送っていた。就職して半年、やりがいだって感じている。春に受けた健康診断も良好だった。それなのに、俺の体はどうしたっていうのだ。俺はとても元気で、外にだって出たいし、仕事もしたい。性格だって陽気で楽観的なはずだ。そのはずなのに、何が原因で、俺の体は思いもしない方向へ進んでしまっているのだろう。

翌朝、開くのと同時に心療内科に駆け込んだ。予約はしていなかったが、薬が効かない。どうしようもなく苦しい。今のこの状態を何とかしたい。そう訴えると、診察室に通された。

医者は、

「抗うつ剤は効いてくるのに二週間から一ヶ月はかかるからね。それまで、抗不安剤でやりくりしよう」

と言った。

「ソラナックスの容量を増やして、そうだな。抗うつ剤はジェイゾロフトより、パキシルのほうがすっきり効くかもな」

「はあ……」

「そんなに深刻にならないほうがいいよ。パニック障害は、治るのに十年二十年かかる人も多いから。焦らず、病気とうまく付き合うつもりでいることが大事だからね」

医者はそう告げた。

十年、二十年？　若くて体力も気力も一番ある二十代をまるまる棒に振るのか。十年もこんな状態が続くなんて耐えられるわけがない。俺は絶望的な気持ちになった。縋《すが》るように訪れた病院だが、結局は薬の種類が変わり、容量が増えただけだった。

診察の後、出社しようと駅に向かったが、会社に行くことも、電車に乗ることも、昨日よりもっとハードルは高くなっていた。きっと、明日だって同じだ。原因も理由もない。それなのに、俺はついこないだまでの俺とはまるで違ってしまっている。治る見込みも兆《きざ》しもどこにもない。これ以上迷惑をかけないためには、早く辞めるしかない。好きだった職場だからこそ、そう思った。

家に帰ると、会社に電話をし、辻本課長に体調が思うようにいかない。仕事は続けられそうもないと伝えた。辻本課長は「そんなにひどいのか」と、俺の体を案じてくれた。

パニック障害。そう正直に言うことは、なぜかできなかった。なんて弱い人間なんだと思われるだろうし、困ったことがあるなら相談してくれと言われるだろう。俺自身、心因性の病気はストレスや気持ちが弱ってなるのだと思っていた。俺より二十歳以上年上の辻本課長が、パニック障害について知識があるとは思えない。

「どういう病気なのか」

当然だけど、辻本課長はそう聞いた。

「それが、まだわからなくて……。ただ、動くのすらままならないんです」

どう言っていいかわからず、俺はあいまいに答えた。

辻本課長は、休暇をとればいい。思い切って一ヶ月くらい休職したっていいんだ。辞めることなどない。と提案してくれた。けれど、休職したところで、復帰できる見込みはなかった。この電話をしている今も体が震えているのだ。冷汗が出始め息苦しい。辻本課長の引き留めてくれる気持ちや、病を案じてくれる心遣いをありがたいと感じる余裕すらなかった。

辻本課長はそんな状況を察してもしたのか、「わかった。今はこれ以上聞かないけど、いつでも戻ってきたらいい」と、退職の手続きを郵送で済ませられるようにと事務の人に電話を替わってくれた。

辻本課長は小さなことにはこだわらない大胆な人だ。仕事ができるくせに、書類に日付を入れ忘れたり、郵便物に名前を書き忘れたりなんていうミスは日常茶飯事で、新人の俺たちにさえ突っ込まれることも多かった。でも、懐の深い人で、入社したばかりの俺たちの言うことでも「それいいね」「やってみよう」と背中を押してくれ、サポートしてくれた。そして、失敗しそうになるとフォローしてくれ、うまくいくと自分はまるで無関係のように「すごいなあ」とほめたたえてくれた。俺は辻本課長が大好きだった。

半年とはいえ、お世話になった会社に挨拶すら行けないのだ。電話を切ったとたん、涙があふれた。

＊

「一人でもう平気なんで。家も近いですし」

俺は会社を出てしばらく歩いてからそう言った。

「でも、とりあえず家の前まで」

藤沢さんはそう言いながら足を進める。

藤沢さんが渡してくれた薬のおかげで、発作はしばらくすると治まったが、栗田社長は「途中でまた倒れたら困る」と家まで車で送ると譲らなかった。だけど、他人の車に乗るなんて耐えられない。一人でゆっくりと家まで歩いて帰るほうがよっぽど楽だ。だから、「車に酔ってしまいそうで」と断ったのに、一人で何かあったらと、藤沢さんが家まで送ってくれることになった。

「山添君、徒歩通勤だったんだ」

「ええ」

「荷物持とうか？」

「いえ結構です」

藤沢さんの言葉に俺は適当な相槌《あいづち》を打った。頭はぼんやりしているし、今は誰ともかかわれそうにない。

「コンビニでも寄って、簡単な食べ物とか、飲み物とか買ってく？」

「大丈夫です」

会社から家まで十五分。駅を越え短い商店街を抜け少し歩けば、俺のアパートだ。駅が見え、俺は、

「藤沢さん、電車ですよね。もうここで」

と頭を下げた。

「大丈夫なの？」

「ええ。一瞬、ふらっとしただけで今は平気です」

薬も効いてきてふらつきはないし、何より一人になりたかった。誰かがそばにいると気がはって、また発作が起きそうになる。

「そっか。気をつけて」

「ありがとうございました」

藤沢さんは「じゃあまた」と俺に背を向けて歩き出した。

やっと、解放された。一人になるとほっとする。早く家に戻って横になろう。心臓の鼓動が速まらないように、俺はゆっくりと足を進めた。

パニック障害と診断されて二年。あれこれ薬を試してきたおかげで、発作の回数も激しさも日々の不安感もずいぶん落ち着いてはきた。だけど、時々こんなふうに発作がやってくる。なんとか今の会社に就職したけれど、これが俺のせいいっぱい。今は抗不安薬も抗うつ薬も最大容量飲んでいる。もう手はない。パニック障害と上手に付き合うしかないのだと考えて、あれと思った。

倒れた俺の手に藤沢さんは何の迷いもなく、ソラナックスを握らせた。俺が落としたのを拾ったのだろうけど、でも、どうして俺のものだとわかったのだろうか。もし、違う病気の薬だったとしたら、怖いと思わなかったのだろうか。そんなことを考えながら、最後にアパートの階段を上る。二階が俺の部屋だ。築四十年以上は経っているであろう古い建物は、日当たりも悪い。今の会社に歩いて通えることと家賃が安い以外長所はない。前の会社を辞めた後、学生時代のバイトとわずか半年の仕事での貯金を切り崩して生活するしかなかったから、家賃の安いここへ移った。人を家に呼ぶことなどないし、ただ眠れればいい。今の俺にはこの住まいがちょうどよかった。

部屋の前に立つと安堵が押し寄せてくる。今日も何とか帰ってこられた。後は寝るだけで一日が終わる。無事だった。ただそれだけで満足だ。

鍵を鞄から出していると、

「これ」

と後ろから声が聞こえ、振り向くと藤沢さんが立っていた。

「コンビニで買ったんだ。スポーツドリンクと炭酸とあとおにぎりとか適当に」

「はあ……」

「一人で歩きたいだろうし、だけど、帰った後食べ物や飲み物を買いに出るのも面倒かなって……。余計なお世話だろうけど」

藤沢さんは俺にコンビニの袋を押し付けた。

「よく家わかりましたね」

「山添君、歩くの遅くて、コンビニ出た後でもすぐに見つけられたから」

部屋に戻ることに必死になっていて、後ろに藤沢さんがいることにまったく気づかなかった。

「そうだったんですか……。あ、すみません。お金、払います」

「ああ、いいよ。適当に買っただけだし。じゃあ、また」

「あの、藤沢さん」

俺は帰ろうとした藤沢さんを呼び止めた。

「はい」

「藤沢さんはどうしてあの薬、ぼくのだってわかったんですか?」

「あの薬?」

「会社で渡してくれたの」

早く部屋に入りたかったが、同時に気になることをクリアにしておきたかった。気がかりなことがあるのは、パニック障害にはよくない。

「あれ、トイレで拾って。それで、事務所に戻ったら山添君、体調悪そうなのに鞄の中ごそごそしてたから、薬探してるのかなと思って」

もしそれで違う薬だったら怖いと思わなかったのだろうか。この人の前職は医療関係なのだろうか。

「あの薬、私も飲んだことあったから」

俺が疑問を抱いているのに気づいたのか、藤沢さんがそう付け加えた。

「飲んだこと?」

「ソラナックスだよね。何年か前に一度だけ飲んだんだ。あ、私はパニック障害ではないんだけど」

藤沢さんの言葉に、俺は息が詰まるのを感じた。「私はパニック障害ではない」ということは、誰がそうだと言いたいんだ? まさか俺の病気に気づいているのだろうか。「パニック障害だと知ってたんですか」と確かめたかったが、そうすれば自分が抱えていることを認めることになる。パニック障害だということを公表すればするほど、安心して発作が出ないものだよ、と医者は言っているが、果たしてそうだろうか。

最初にパニック障害であることを告げたのは、当時付き合っていた千尋だ。俺が驚いた以上に、彼女は信じがたいようだった。

「まさか。たかちゃん、元気だったじゃない。しかも、悩んだりしてないでしょう?」

千尋はそう言って、適当に医者に片づけられてるんだよ。ちゃんと大きな病院に行って検査受けよう。本当の病気を見逃すのは怖いよ、と何度も提案してくれた。けれど、電車にすら乗れない俺が、総合病院で順番待ちをしたり、ましてやMRIに入ったりできるわけがなく、アドバイスにはうなずけなかった。そのうち、「もっと病気のこと真剣に考えてよ」「ずっとこのままでいるつもりなの?」と千尋が鋭い言葉を口にすることもあった。もちろん、パニック障害について理解しようと努力してくれた。それでも、たまらなかったのだと思う。病気と言ってもどこも悪く見えないのだ。仕事もせず家にこもっているだけの俺は何も解決しようとしていないように見えただろうし、先が見えない日々にうつうつとしただろう。「もう元に戻れないの?」千尋は何度かそう聞き、「私には何もできない」と落ち込んだ。今までの俺に戻れない以上、誰かと付き合うことなどできなかった。

パニック障害になって半年足らずで、俺たちの日々は終わった。

学生時代から仲の良かった青木には週末のバーベキューをキャンセルする時、電話で「なんか俺パニックとか診断されちゃってさ」とたいしたことではないかのように軽く告げた。「まさかお前が」と笑ってくれるかと思いきや、青木は、

「ああ、そっか。山添、いつも明るく盛り上げてくれてたもんな」

と的外れに励ましてくれた。

「無理することない。誰とでも仲良くして、周りに気を配ってさ。いつか疲れが出るんじゃないかって、心配してたんだ。しばらくゆっくりしろって神様が言ってくれてるんだよ」

青木は電話越しにそう言ったけど、俺は無理した覚えはなかった。みんなと仲良くするのも、盛り上げるのも、好きでやってることだ。みんなといると楽しかったし、気遣ってなんかない。だけど、そう否定したところでどうしようもない。「ああ、ありがとう。悪いな」そう電話を切るしかなかった。

その後、数回「元気か?」と青木からメールが来た。だけど、「元気」と答えて、それならどこかに出かけようとなっても困る。かといって、「しんどい」というのは違う。どうすべきか悩んだ挙句、返信できないままでいるうちに頻繁に来ていたメールは数ヶ月に一度となった。青木以外の友達も同じだ。何度か誘いに答えないでいると、連絡の回数は

減り、ごくたまに当たり障りのないメールが来る程度になった。賑やかだった俺の周りは、一年もたたないうちにしんと静かになった。パニック障害と少しはうまく付き合えるようになり、今の会社に就職し、それなりに生活を取り戻してはきた。でも、二年以上不通になっているのだ。今さら気軽に連絡できる友人はいなかった。

ふとした瞬間に、孤独感に襲われることはある。話したい。そう思っても、相手がいないのだ。俺は一人でいるしかないのだろうか。この先ずっと深く人とかかわることができないのだろうか。それを考えるとやるせなかった。いや、感傷的なことを言ってはいられない。誰かと共にいると、発作を起こさないだろうかというプレッシャーが付きまとう。発作は何度味わっても怖い。一人でいることで平穏でいられるなら、それでいい。パニック障害になってしまった以上、どうしようもないと割り切るしかなかった。

パニック障害であることを告白したのは、千尋と青木だけで、親にも言っていない。明朗快活だと思っている息子がそんな得体のしれない病気になったと知ったら、悲しむだけだ。

パニック障害はだいぶ知られてきてはいる。でも、まだまだ誤解がある。さして親しくもない藤沢さんに公表できる病気ではない。

「私はＰＭＳで飲んでたんだ」

俺が何も言わずにいるのに、藤沢さんはそう告げた。

「ＰＭＳ……ああ、あれ……」

パニック障害になって、ネットで似たような症状の病気について様々な情報を見た。見ればば見るほど、しんどくなりそうな気がするのに、暇さえあればパニック障害に関するページをのぞいてしまう。ＰＭＳ。アルファベットで言われるとぴんと来ないけれど、生理前に精神が乱れる状態のことだ。

「月経前症候群でしたっけ」

「そう。なんか男の人に生理の話するのあれかなって、しゅっとした名前で言ってみたんだけど」

藤沢さんはそう笑うと、

「お互いに無理せずにがんばろう。じゃあ」

と軽く手を上げた。

「お互い？」

お互いってなんだ？　この人はＰＭＳと死ぬほど苦しくなるパニック障害を同列に並べているのだろうか。

「お互いしんどくならない程度にってことで。あ、おせっかいだったかな」

「おせっかいではないけど、全然違うなと思って……」

一言言わずにはいられず、俺はそう言った。

「ＰＭＳとパニック障害って、しんどさも苦しさもそれに伴うものもあまりに違うのになと。ふと思っただけです」

「違うって？」

「そっか。病気にもランクがあったんだね。ＰＭＳはまだまだってとこかな」

藤沢さんはおどけるように言うと、「じゃあ、また」と背を向けた。


部屋に入って荷物を下ろすと、俺はそのまま床に座り込んだ。パニック発作は三十分くらいで治まり後は何もないようにひいていくことが多いようだけど、俺は発作が起きた後しばらくだるかった。

藤沢さんが渡してくれた袋から炭酸飲料を取り出す。アルコールとカフェインはよくないと言われ、すぐにやめた。だけど、炭酸飲料は控えたほうがいいと言われてもやめられなかった。冷たい液体が喉を通り過ぎる時、体が落ち着く。不安定に傾きだした体が炭酸で引き戻されるような気がする。ミントのタブレットやガムに炭酸。刺激のあるものを体内に入れると、浮きたちそうな体をとどめてくれそうで、それらをよく口にした。

そういえば、あの人、ペットボトルの蓋を開ける音にきれてたな。少し前のことを思い出して苦笑した。突然あんなに激怒するなんて、かなりのヒステリーだと思っていたけど、ＰＭＳだったのか。

そう思うと同時に、「病気にもランクがあったんだね」という藤沢さんの言葉が頭に浮かんだ。俺は知らず知らず、自分の病気をかさに着るようになったのだろうか。まさか。本当のことなんだからしかたない。ＰＭＳよりパニック障害のほうがつらいに決まっている。いや、はたして、本当にそうだろうか。俺はＰＭＳどころか生理のことも知らない。実際は想像以上にしんどいのかもしれない。ああ、もう考えるのはやめだ。そんなことどうだっていい。俺はざわざわした思いが広がりそうになるのを振り払うように、炭酸を一気に飲んだ。

ほとんど動かしていないのに、体はいつも夜にはぐったりとしている。とにかく寝よう。メイラックスとパキシル。薬を飲むと、俺は敷いたままにしてある布団にもぐりこんだ。

3

五年前、婦人科でもらった薬について調べたことがある。その時、ソラナックスを服用する症状としてＰＭＳ以外に、鬱《うつ》やパニック障害という病名にたどり着いた。パニック障害がどういう病気か、いくつかネットのページを見て知ってはいたはずだ。

それなのに、山添君が発作を起こす姿を見るまで、彼がパニック障害だったことにまったく気づかなかった。

飴やガムを食べるのは気分を落ち着かせるためだったかもしれないし、思いどおりに行動できず遅刻してしまっていたのかもしれない。顔色だって冴えないのに、どうして私は簡単に、彼のことをやる気のない人間だと決めてかかっていたのだろう。

「生理は病気じゃない」

そう思っている人はけっこういる。女同士であっても、生理を理由に休むことをずるいと言われることもあった。ＰＭＳが病気というカテゴリーに入るかどうかはわからないし、同情や心配を欲してもいない。だけど、気持ちの問題では決してない。体がどうしたって思いどおりに動かないのだ。どう努めても、感情がコントロールできない。治せるならなんだってする。以前の私は、それをどうすれば周りがわかってくれるのだろうかと悩んでいた。それなのに、自分以外の病気については、妊娠や生理を鼻で笑っている男と同じくらい無知だったなんて。

ＰＭＳのせいだとはいえ、炭酸飲料を飲むことにあんなに抗議されたんじゃ、山添君は不条理な思いをしただろう。

発作でうずくまっていた山添君は本当に死にそうだった。会社の人は、彼がパニック障害だとは知らないだろう。山添君は、自分のことを誰にも言わずにいるのだろうか。あのくすんだ顔色にだらしなく伸びた髪にはりのない声。私は彼がパニック障害だと知ってしまった数少ない人間かもしれない。

何も知らず責めてしまったことへの申し訳なさか、同じようなものを抱える仲間意識なのか、原動力が何なのかはわからなかったが、知ってしまった以上、じっとしてはいられなかった。

＊

「なんなんですか」

土曜日、アパートのチャイムを鳴らすと、山添君は表情が乏しいなりに驚いた顔をのぞかせた。

「どうも。もしかして寝てた?」

「いえ。起きてますよ。もう昼過ぎてますから」

山添君はジャージにぼさぼさの頭でそう言った。

「そっか。だよね」

「で、なんなんですか?」

「いや、その髪型、ひどいなってずっと思ってて」

「髪型……?」

「先月、山添君が入社した時からたいがいだと思ってたんだけど、さらに伸びて今は見るに堪えないというか……」

「そんなことを言いにわざわざ休みの日に?」

山添君は眉をしかめた。けだるい顔がいっそう重くなる。

「いや、だから、よければ切ろうかなと思って」

「何を?」

「山添君の髪」

私が鞄の中から、散髪用のはさみを取り出して見せると、山添君はなおさら眉をしかめた。

「何を言っているのか全然わからないですけど」

「髪が伸びているから、私が切りますってこと。とりあえず上がっていい？」

十二月目前の外は寒い。私が身を縮ませると、

「藤沢さん、相当怖いですよ」

と言いながらも山添君は中に入れてくれた。

部屋は外観に劣らず古びていて、四畳半の和室と申し訳程度の台所がついている、殺風景な空間だった。

「お邪魔します」

「散らかってますけど……」

「いや、大丈夫」

布団が敷きっぱなしではあるものの、物がない分、部屋は整然としている。

「お茶でも淹れたらいいんでしょうか。あ、お茶がないや。水でいいですか？」

山添君が台所から言うのに、私は首を横に振った。

「気にしないで。髪の毛切りにきただけだから。切ったら帰るし」

私が鞄を置いて中からくしやケープを取り出すのを、山添君はぼんやり立って眺めていた。もともとどういう髪型だったのか不明の肩につきそうなぐらい伸びた髪。おしゃれと

は程遠いし、何より不健康に見える。

「藤沢さんって美容師だったんですか」

ぼさっと立っていた山添君が言った。

「美容師？」

「今の会社で働く前」

「いや、違うけど」

以前働いていたのは化学製品の会社で、そのあとのバイトもスーパーとファミレス。美容院には客として行ったことしかない。

「じゃあ、どうして？」

「どうしてって？」

「どうして髪の毛、しかも、人の髪の毛を切ろうなんて思うんですか」

「山添君、すごい伸びてるし、その、まあ、お世辞にも見栄えがいいとは。切ったらすっきりするかなと」

昨日の夜、パニック障害について様々な情報を見る中で、美容院と歯科医が最大の難関だという記事を読んだ。じっと座って相手に作業されるのはかなりの緊張を強いられるのだという。だから、山添君の髪の毛はあまりにもだらしなかったのだ。私は昔から手先は器用なほうだ。人の髪の毛を切ったことはないけれど、それほど難しいことではないはずだ。

山添君の髪の毛を切ろう。そう思いついたとたん、私はものすごくいいアイデアをひらめいたかのようにわくわくして、散髪用のはさみとケープを購入してここまで来ていた。

「ささっとやるね。切ってる途中でも、自由に動いて大丈夫だよ。そうだ、炭酸も飲んで、ガムも食べて」

「ここ自分の家なんで、たぶん発作は起きないです」

「そっか。じゃあ、えっと」

見回してみても、椅子はない。山添君の部屋にあるのは布団とローテーブルのみだ。

「床に座るしかないか。じゃあ、やろっかな」

私が布団を隅によけ、テーブルの上にケープとはさみとくしを並べていると、

「俺、髪の毛切るって言ってないですよね」

と山添君が言った。

「そんなに伸びてるのに？」

「ええ。いいんです」

「あ、そうだ。遠慮しないで。散髪代、タダだから」

「当たり前でしょう。藤沢さん、美容師じゃないんだから」

「じゃあ何を渋ってるの？　自分の家で、無料で髪の毛を切れるんだよ。お得だと思わな

い？」

「どこがでしょう」

「美容院を予約する。約束に遅れないように美容院に行く。重いケープをかけられる。見ず知らずの美容師に後ろにずっとはりつかれる。リラックスできそうでできないどっしりした椅子。鏡に映し出される自分。そんな時間が続くことと比べたら、私に髪の毛を切られるのは天国でしょう」

山添君は「めちゃくちゃだな……」とつぶやきながら私の主張を聞いていたが、最後には「確かにそうかも」とうなずいた。

「じゃあ、決まり。決まったからには早くやろう」

私はローテーブルの前に山添君を座らせると、後ろに膝立ちになった。部屋に男性と二人きりだと一瞬思ったけれど、山添君はまるで覇気がないから抜け殻も同然で、恐怖心も緊張も何も感じなかった。

「えっと、どんな髪型がいい？」

くしで梳《と》かしながら聞くと、山添君は「なんでも」と答えた。

「なんでもって、いつもはどんな髪型にしてるの？」

山添君の髪はふわっと柔らかい。ちゃんと美容院に行けば、それなりのスタイルになりそうだ。

「いつもは駅前のイレブンカットに行って、おかしくない程度に短くしてもらってます。そうしたら、しばらく散髪に行かなくてもいいから」

「じゃあ、適当にやるね」

イレブンカット。行ったことはないけれど、格安で早く散髪してくれる店だというのは知っている。たいしてスタイルにこだわりはないようだ。私が思い切ってはさみを入れると、

「案外行くんですね」

と山添君が驚いた声を出した。

「うん。心配しないで。先にざっくり切っておいて後で整えるから」

「なるほど……」

とうなずいておきながら、山添君はこちらに振り返った。

「あ、危ないよ。どうしたの？」

「いや、あの藤沢さんだったよなと思って」

「あの藤沢さん？」

「藤沢さん、会社ではおとなしいし周りに気を遣っているでしょう？　まさか人の家に突然来て、髪の毛を切るなんてことしそうにないから、人違いだったりしてと一瞬思って。まあ、どんな人だって、他人の髪の毛切らないですけど」

「そうかな」

「藤沢さん、意外に大胆なんですね」

「大胆？」

気が弱くておとなしい。私は子どものころからそんな評価しか得たことがない。大胆なんて自分とはかけ離れた言葉だと思っていた。ただ髪の毛を切ろうと思い立って何も考えずに来てしまっただけだけど、確かにこの状況は十分大胆だ。そうか。私でもそんなふうに言ってもらえるんだ。そう思うと、気分がよかった。

「じゃあ、どんどん行くね」

「はあ……」

横髪を耳の下のラインで切りそろえる。それに合わせて後ろも切っていく。髪の毛ははさみからするりと逃げて切りにくい。私は左手で髪の毛を引っ張りながら切ることにした。

「藤沢さん、美容師を目指してたんですね。それなのに、全然違う職種に就職されたんだ」

山添君はじっとしたままで言った。

「美容師？」

「今は違うけど、なりたいんですよね？　美容師に」

「いいえ。全然」

こんな肩が凝りそうな仕事、私にはできそうにない。

「美容師でもなく美容師になろうともしてなくて、髪を切っている……。ケープやはさみはどうしたんですか？」

山添君は自分の家で幾分リラックスしてるのか、声がいつもより落ち着いている。

「百円均一で買ったの。本当何でも売ってるよね」

「藤沢さん、すごく変ですよね」

「そうかな」

返事をしつつ、私は焦ってきた。髪なんか簡単に切れると思っていた。でも、切っても切ってもうまくいかない。

「藤沢さん、大丈夫ですか？」

「たぶん……。あ、先に前髪切ってバランスとろうかな」

「はあ……」

いつのまにか耳より数センチ上で切りそろえられた後ろと横の髪は、あまりに短すぎるのか、頭に蓋をのせたみたいで滑稽だ。全体のバランスが悪いせいかと、前髪を眉上で切ってみたけど、思ったような髪型にならない。

「あれ、おかしいな……」

「藤沢さん、一度鏡見てきていいですか？」

「いや、ちょっと待って。もう少しチャンスをちょうだい」

「チャンスってなんなんですか。失敗したってこと？」

「失敗じゃないよ。ほら、ヘアスタイルって自由だから」

「鏡、見てきます」

山添君はそう言うと、洗面所へと向かった。

しまった。散髪なんて簡単にできると思っていたけど、相当難しい。山添君の髪型はどうがんばってもおしゃれとは言いがたい。ひどい髪型にショックを受けているのか、山添君は戻ってこない。

「大丈夫？」

洗面所に向かって声をかけてみたが返事がない。なんてことだ。髪型に驚いて発作を起こしてしまったにちがいない。

「山添君、薬どこ？」

私は台所で水を用意しながら聞いた。

「いや……藤沢さん……」

力なく洗面所から出てきた山添君は、そのままへなへなと床に座り込んだ。

「しっかりして。落ち着いて。えっとほら水、水飲んで」

私がコップを手渡すと、

「無理無理……水飲んだら俺、吹き出すから」

と山添君は肩を揺すった。

「どうしたの？　薬飲んだほうが……」

「そうじゃなくて……」

「そうじゃなくて？」

「いや、これ、変すぎて」

「うん。変すぎてしんどくなったんだよね。ごめん。なんとかするから」

私はおなかを抱えてうずくまる山添君の背中をさすった。

「いや、違って」

山添君の体は激しく揺れている。過呼吸だ。

「紙袋だっけ？」

「だから、そうじゃなくて……、俺、二年ぶり」

「二年ぶりにどうしたの？」

「二年ぶりに笑った……。久しぶりすぎて、みぞおちが痛い……」

山添君は顔を上げると、横腹を押さえて声にならない笑い声を立てた。

「笑ったって、洗面所に何かおもしろいものでも？」

「いや、この髪型だよ。こんな髪型の人、見たことある？」

山添君は笑いが止まらないようで、とぎれとぎれに話す。

「どうだろう……あるような気もするし、ないような気も」

「前も後ろもまっすぐって、これ、どう見てもこけしだよね」

「ああ、そういえば」

確かに耳と眉の上で切りそろえられた髪型は、こけしそのものだ。

「これでサラリーマンとか怪しいよな。道歩いたら警察にとがめられそう。宇宙と交信するとか言い出しそうなやばい人みたいだもん」

「ごめん……。うまくできると思ったのに。なんとか直すから」

山添君はまだ笑っている。笑えるような髪型にしただなんて。散髪くらいできると思った自分が恥ずかしくなって私は頭を下げた。

「あ、待って。切り直す前に、もう一度鏡見てくる」

山添君はまた洗面所に戻ると、「久しぶりに笑ったのが自分の顔ってさ」と今度はげらげらと声を立てた。

そのあと、私たちは洗面所の鏡の前で散髪をしなおした。前髪は山添君が切り、後ろは私が山添君のアドバイスを受けながら切った。

「まっすぐじゃなくて、適当にはさみ入れてみて。縦に切る感じで」

「うん。えっと……」

山添君の言うとおりはさみを動かそうとするけど、うまくいかない。失敗しちゃいけないと思うほど緊張して手が震えた。

「藤沢さん、力抜いて」

「わかった」

「うまくいかなかったら坊主にするっていう手もあるから」

「そ、そうだよね」

「いいじゃん。上手だよ。ちゃんとできてる」

「そうかな」

「そうそう。あ、もうそれ以上切らなくて大丈夫。次は右のほうお願い」

「あ、うん」

すっかり自信喪失した私はおとなしく山添君の指示に従い、丁寧にはさみを入れた。なんとかできあがった髪型は短すぎる前髪とガタガタの後ろ髪は妙ではあったけど、こけしはまぬがれてはいる。

「えっと、なんかごめんね」

私は持ってきた鞄の中から、ハンドクリーナーとごみ袋を取り出して、掃除を始めた。

「準備いいいんですね」

「よければこれ」

ガムテープを渡すと、「便利ですね」と山添君は服に付いた髪の毛をとりのぞいた。

「じゃあ、これで」

私はそそくさと髪の毛を集めて入れたごみ袋を閉じると、玄関に向かった。一刻も早くこの場から消えさりたかった。

「ごみ捨てときますよ」

「いえ、これは私が……」

「ごみ捨て場アパートの下なんで。っていうか、髪の毛持ち帰られるのも怖いし」

「そっか。そうだね。では……」

私はごみ袋を渡すとすぐさま部屋を出た。外は振り絞るように西日が注いでいる。

えっと、これでよかったんだっけ。一応髪の毛は短くなった。でも、最終的に切ったのは山添君だし、髪型はとんでもない。いや、すっきりしたのだからいいとしよう。何とかそう思い込もうとして、はたと思った。二年ぶり？　笑ったのが二年ぶりって。それは髪の毛が伸び放題よりすごいことだ。

4

「お、山添君、この寒い時期にずいぶんさっぱりしたね。えっと、それ、流行ってるのかな」

月曜日出勤すると社長にそう言われた。

「どうでしょうか……」

朝、なんとか整えてはみたが短く無造作に切った髪の毛はおさまりが悪い。

「今、若い人、みんなぼさぼさだもんね」

住川さんがフォローを入れてくれている横で、藤沢さんは申し訳なさそうな顔を俺に向けた。

「前よりずっといい。山添君、男前だったんだな」

社長はそう笑って俺の肩をたたいた。

平西さんも、

「山添君、髪切ったら実はさわやかじゃないか。十歳は若返ったな」

とほめてくれた。

物静かな鈴木さんも俺の顔をちらりと見て「いいじゃないか」というような笑みを浮かべている。

散髪したおかげで視野が広がり、同時に気持ちが晴れ晴れした。などと調子よくはいかなかったが、みんなに声をかけてもらうのはそう悪くはなかった。

「十歳若返ったら、ぼく、小学一年生ですよ」

以前の俺だったら、そんなことを言い返して盛り上げただろう。

前の会社では上司と冗談を言い合ったり、会社帰りに飲みに行ったり、積極的にコミュニケーションをとっていた。だけど、ここでは必要最小限のことしか話していない。パニック障害のせいだが、果たしてそれだけだろうか。みんないい人たちだ。でも、仕事を成し遂げようという空気はここにはない。社長は業績を伸ばそうという意欲はなく、みんなが困らない程度に給料があればいいという考えのようだ。平西さんは人付き合いがいいが、それを営業に生かして仕事に結びつけているふうではないし、職人だったという鈴木さんは黙々とマイペースに仕事に向かっている。年のせいもあるだろうけど、みんながゆったりとしている。

仕事というものがこれでいいのだろうかと思うこともある。パニック障害を患っていなければ、俺はこんな会社にいたのだろうか。そんなことを考えたところで、何ができるわけでもない。今の俺には積極的に動けるパワーもないのだから。残業もないし、競い合うこともない平和な会社だ。今はここで働くのが俺にはあっている。

藤沢さんはどうしてここにいるのだろう。髪の毛を切るセンスはないけれど、普段の仕事ぶりを見ていると、手際は悪くないし何よりまじめだ。俺より三年ほど前にこの会社に転職したらしいが、ここを選んだ理由はなんだろうか。もしかして、ＰＭＳが関係しているのだろうか。それこそ俺には関係のない話で、余計なお世話か。

「じゃあ、今日も無理なくけがなく安全に。よろしくな」

毎朝ほぼ同じ挨拶を繰り返す社長の声を聞きながら、俺はそっと炭酸飲料を冷蔵庫にしまうと、倉庫に向かった。

「町はクリスマスムードだけどさ、山添君、若いのにそういうの興味ないの？」

昼休憩に社長が弁当を食べながらそう言った。

「いえ、あんまり」

社長は糠《ぬか》に釘のような反応しかできない俺にも、一日何度か話を振ってくれる。

「そっか。まあ、うちも子どもが家を出てから、クリスマスも誕生日もなくなったも同然だもんなあ」

社長はそう言って笑った。

以前は行事があれば友人と集まったり彼女と過ごしたりしていた。だけど、パニック障害になってから、イベントには縁がなくなった。今日は十二月二日。クリスマスまであと二十日と少しか。あれ。そろそろじゃないのだろうか。俺は卓上のカレンダーに目をやった。

確か生理周期は二十八日前後のはずだ。先月、藤沢さんが怒り出したのは十一月七日か八日。あれから二十五日程度たっている。

藤沢さんのほうを見てみると、住川さんとしゃべりながらパンを食べている。食欲があるということは、大丈夫なんだろうなと後ろ姿を見て、あれと思った。よく見ると首の付け根の筋肉が盛り上がっている。暖房も効いているのに寒いのだろうか。いや、肩が上がっているからだ。あの人、呼吸をするのがへたなんだなって、こんなわかりやすい自分の体の変化に気づいていないのだろうか。

「藤沢さん、ちょっと来てください」

俺は藤沢さんのそばに行くと、そう声をかけた。

「へ？」

藤沢さんがお茶の入ったカップを持ったまま不思議そうに顔を上げる。

「早く。いいから」

「いいからってどこへ」

「こっちです」

俺はそう言うと、藤沢さんの手を取って事務所の外へ出た。

「え？　何？　寒いんだけど」

「もう少し行きましょう。会社の隣の隣の隣は、空き地だから」

「空き地？」

「ほら、ね」

「ほら、ねって。突然、外へ連れ出して何がしたいの？」

空き地前まで俺に背中を押されしぶしぶ足を進めた藤沢さんはそこで怒り出した。

「ちょっと何なのよ。寒いし、私、食事中なんだけど」

声がいつもより高いし早口になっている。やっぱりそうだ。ＰＭＳが始まろうとしていたんだ。

「そうでしたね」

「これ、どういうこと？」

「まあまあ怒らないでください」

「こんなとこ引っ張ってこないでよ」

きんとした寒さの中、藤沢さんの声はよく響く。こりゃ、しばらく続くな。パニック障害になってから食欲はないから、昼ごはんを抜くのはいい。でも、この寒さは耐えがたい。

自分だけ事務所に戻ろうかと思ったけれど、藤沢さんが道行く人に絡むのも困る。ひとまず温かい飲み物でも買ってくるか。

「藤沢さん、少しだけ一人で怒っておいてもらっていいですか？　ぼく、飲み物買ってきますから」

「は？　一人で怒っておくってなんなのよ。突然、外に連れ出されたら、誰だって腹が立つでしょう」

「でも、寒いですよね？」

「寒いのに連れ出されたから怒ってるんだって」

藤沢さんは大声を張り上げながらも、悲しいのか、目が潤んでる。きっと感情がめちゃくちゃなのだろう。

「飲み物買ってくるんで、その辺の雑草抜いといてください。草引っ張ってたらすっとするかもしれないし」

この辺りは小さな事業所や工場が並んでいるから、自販機は通りだけで三つもある。俺は近くの自販機に走って、飲み物を二つ買った。急いで戻ると、驚いたことに藤沢さんは本当にしゃがみ込んで空き地の雑草を抜いていた。

「すっきりします？」

「そんなわけない。もうなんなの？」

「これ、どうぞ。飲んでもいいし、カイロ代わりに手に握ってても」

俺がペットボトルを手渡すと、藤沢さんは「ジャスミン茶だ」とつぶやいた。

「カフェイン、あんまりよくないかなと」

「確かに」

「あ、ちょっと待って」

藤沢さんが蓋を開けようとするのを俺は慌てて止めた。ジャスミン茶にひかれて怒りが薄れつつあるのに、蓋が開く音でまたぶり返されたんじゃたまらない。

「こっちどうぞ」

俺がそっと蓋を開けたペットボトルを渡すと、

「なんなの？　自分で開けられるけど」

と逆に怒りのボタンを押してしまったようで、藤沢さんは顔をしかめた。

「まあまあ、落ち着いてください。ほら一口飲んで」

「なんなのよ。いちいち」

「はいはい。さあ」

「はいはいって何」

「はいは一回ですよね。わかりました」

適当に対応しながら俺もジャスミン茶を飲んだ。藤沢さんに不条理に怒られてはいるものの、一過性のものだとわかっているからか、嫌な気はしない。むしろ、どうやればこの怒りが治められるのか興味が出てきた。

「だいたい山添君はさ、どこか変っていうか」

「らしいですね」

「らしいですねって他人事みたいに言わないでよ」

「あ、そうそう。それより、藤沢さん」

「なによ」

「この髪型、こけしみたいにしたの藤沢さんですよね?」

「あ、ああ……」

「俺、この髪で会社来るの悩んだんですよね。一生外に出られなくなるかと思いながら、今朝、必死でセットしました」

「はあ……」

怒っていたのが反対に責められて、藤沢さんは気の抜けた声を出した。

「ぼくは、髪の毛を切ってみたいという藤沢さんの身勝手な好奇心の犠牲者です」

俺がそう言うと、「そう、ですよね……」と藤沢さんは肩を落とした。後悔は怒りに勝るようだ。

「じゃあ、飲みましょう」

「はあ……」

「落ち込まないでください。一晩寝ていい感じの髪になってますから」

「はあ……」

藤沢さんは沈んだ顔で、ジャスミン茶を飲んだ。

体にばかり目を向けるから、発作を起こすんだと医者は言う。他のことで気がまぎれているときや、神経が自分に向いていないときは発作は起きにくいんだと。ＰＭＳの怒りもどこか似ているのだろうか。藤沢さんから出てくるのはため息だけで、怒りはどこかに消えていったようだ。


昼休憩後、貧血気味になってしまった藤沢さんは早退をし、社長が「風邪も流行っているし、今日は早じまいだな」と言って、仕事はいつもより早い四時で終了となった。

以前の俺なら、仕事が早く片づけば、心が弾んだ。仲間に声をかけて飲みに行こうか。新しくできた店をのぞいてみようか。そんなことを考えたはずだ。

それが今は、何も思いつかない。一番安心できる場所であるから、家に戻れるのはうれしい。だけど、その家の中ですらやりたいことがないのだ。

あの日、パニック発作を起こしてから、生活はまるで変わった。

仕事を辞め、そのあとにやらなくてはいけないことは、数々のキャンセルだった。彼女の誕生日に行く予定のレストラン。仲間と約束していたバーベキュー。美容院に、週三回通っていたジム。どんな小さな予定もただの恐怖へと変わっていて、何一つこなせそうにはなかった。

外に出られないのなら、読書やＤＶＤ鑑賞でもすればいいはずだが、それに向かう気力もなかった。やりたいことがまったくなくなってしまう生活。生きている意味はまるでわからなくなり、一日が終わるたびにほっとするだけの毎日を積み重ねているだけ。どうやれば、元の自分に戻れるのか見当もつかなかった。

外出はおろか、読書も音楽鑑賞もしなくなった俺が空いた時間にすることと言えば、パニック障害の患者が書いているサイトをインターネットで見ることだ。不安になるだけだと思いつつ、自分の病がどうなるのか、同じ病を抱えている人がどんな感じなのか、調べてみずにはいられなかった。

パニック障害に関するサイトはたくさんあった。

病院は薬漬けにしようとする。薬を飲めば離脱作用に悩まされるという病院を批判したもの。

鉄分を摂れば治る。ハーブティーを飲めば治る。歯並びを直せば治る。という科学的根拠もないのに断言しているもの。

パニックになって本当に大事なものがわかったというポジティブなものから、死んだほうがましだという悲観的なもの。ゆっくり付き合っていきましょうという穏やかなものに、パニックなんて考え方一つだ。負けちゃだめだという強引なもの。

パニック障害に対する見解もさまざまならば、患者もいろんな人がいた。

何が正しくて何を信用すればいいのかはわからない。でも、俺は長生きしたいわけじゃない。死のうとは思わないけど、先も見えず楽しみもない孤独な日々の中で、生きることに意欲的にはなれなかった。離脱作用が苦しいなら死ぬまで薬を飲めばいい。しんどくならずに過ごせることが第一だ。だから、俺は躊躇《ちゅうちょ》なく薬を飲んでいた。

家に帰り、パソコンを開くと、昨日見ていたサイトがそのまま立ち上がった。二十代後半のパニック障害患者のブログだ。

パニック障害になって、三年。ついに鬱だとも診断されました。ただ生きるのがつらいです。

ああ、しんどいだろうな。パニック障害の人が鬱を併発する割合は50%を軽く超えているらしい。俺がその半数に加わらない自信はない。けれど、今の症状に鬱まで加わったら、自分がどうなってしまうのか、怖かった。

だから俺は無理にでも仕事に行き、一日の最後には面倒でも風呂に入る。これ以上生活を崩さないよう努めていた。

気がめいりそうで、サイトを見るのはやめようとページを閉じて、ふと藤沢さんのことを思い出し、ＰＭＳを検索にかけてみた。

身近に感じることはなかったが、ＰＭＳに悩んでいる人はたくさんいるようだ。藤沢さんと同じようにいらだちを抑えられない人もいれば、悲しくもないのに感情が高ぶって涙が止まらないという人に、無気力でまるで動けなくなるという人までいるらしい。

パニックにＰＭＳに鬱。自分の体や気持ちなのに、自分ではどうしようもできないことが多すぎる。

目も疲れてきて、パソコンの画面を閉じる。

食べたくもないカロリーメイトを食べて、風呂に入り、歯を磨いて薬を飲む。

薬を飲んで布団に入ると、体がふわふわとしてくる。心地の良い浮遊感。この感覚に任せて眠りに落ちる時だけが、好きな時間だ。幸せを感じられるのが寝る時だけというのは、さみしい人生かもしれない。でも、今日藤沢さんの怒りを抑えられた時、ちょっとだけ気分は良かった。そんなことを考えながら、眠りに落ちた。

5

おなかが痛くて食欲がなかったから、夕飯はヨーグルトで済ませた。食べないのもよくないと、しんどい時でも何かしら口に入れる癖がついている。何とか食べきって、ノンカフェインの紅茶を飲んでいると、携帯が鳴った。

そろそろだと思いますが、大丈夫ですか？　体を温めてね

月に一度、母親からメールが届く。あまりうるさいことを言って私が気を遣わないようにか、いつも端的なメッセージだ。

今日から始まったよ。でも、大丈夫。ありがとう。

こちらも簡潔に返信をする。

一人暮らしを始めたころは、私を心配して母親はこと細やかなメッセージを送ってきた。特に前の会社を辞めた直後は、毎日のように電話があった。それだけでなく、生理痛やPMSにいいというお茶や食べ物、健康法が書かれた雑誌が度々送られてきた。

私が少しでも楽になるようにと思ってくれているのだ。それはわかっているけど、しんどかった。PMSになって、十年以上。だいたいのことは試している。そこへあれこれ提案されるのは負担だったし、怪しげな健康法が書かれた雑誌を読むと気が重くなった。「体操でガンが治りました」「お酢を飲んで寝たきりだった祖母が起き上がりました」根拠のない健康法を、わらをもすがる思いで信じている人がどこかにいる。PMSなんて足元にも及ばないくらい苦しんでいる人がいるのだ。そう思うと胸が痛かった。

今の会社に就職した時に、「職場が変わってほとんどいらだつこともなくなって、生理痛も軽減したよ」そう伝えた。すると、母親は「やっぱりストレスだったのかな」と電話口でほっとした声を出していた。それから、次第に電話も届け物も減っていった。けれど、こうして月に一度メールをよこすということは、治ったとは思っていないのだろう。社会人になった今でも、母親に心配ばかりかけてしまう。親はそういうものだとは言うけれど、いつまでこんなふうでいていいのだろうか。

それにしても、今回の怒りはずいぶんとましだった。山添君に外に連れ出されて雑草を抜いて、ジャスミン茶を飲んでいるうちに、いらだちはしぼんでいった。散髪を失敗したことを引き換えに出されたせいで、怒りが怖気《おじけ》づいたのだろうか。それとも、雑草を抜くあの感触に気持ちがすっきりとしていったのだろうか。

けれど、どうして山添君は私の怒りの前兆がわかったのだろう。

昼休み終了間近に二人で事務所に戻ると、住川さんは「いつの間にそんなことになってたのよー。突然手を引いて出て行くなんて」とにやにやした。社長が「おばさんが詮索するとうまくいくものもうまくいかなくなるよ」と的外れに忠告するのに、「藤沢さん、イライラしそうだったから、連れ出しただけですよ」と山添君はさらりと答えた。

私は傍目に見てもイライラするのがわかるような空気を出していたのだろうか。それとも、パニック障害のような心因性の病気を抱えていると、他人の感情の動きに敏感になるのだろうか。どちらにしても、爆発前に私の変化に気づいた人は初めてだ。

死にそうな発作が突然起こること。乗り物や美容院など動けない場が怖いこと。パニック障害について、それくらいは知っている。いつ起こるかわからない死を想像するような発作。毎月一度やってくる想定内のいらだちですらつらいのに、それはとてつもなく怖いだろう。そんなことを想像すると、山添君の血色の悪い顔が浮かんだ。

怒りを治めてくれたお返しではないけど、私に何かできることはないだろうか。散髪はうまくいかなかったから、ちゃんと役に立つこと。サプリにハーブティーにアロマ。私が試しているようなことは、山添君も知っているだろう。

少しでも楽になれるもの。それはなんだろうか……。自分自身のことを振り返ってみる。症状が大きく改善するようなことは、何をしても起こらなかった。だけど、私は今の職場に来て、怒りを爆発させたあとの落ち込みはぐっと軽くなったし、いらだちが襲ってくることへの不安は縮小した。それは、会社のみんなが、私の状態を知って受け止めてくれているからだ。

パニック障害は、発作が起きたら迷惑がかかるという不安が助長させることもあると書いてあった。もし、周りの人が発作のことを理解していたら、山添君はずいぶん気持ちが軽くなるのではないだろうか。

*

翌朝、私はいつもより早く家を出た。社長は会社のすぐ近くに住んでいて、八時には出勤して事務所で新聞を読むのが習慣だ。

「おはようございます」

私が事務所のドアを開けると、

「藤沢さん、どうしたの？」

と老眼鏡をかけた社長が驚いた顔を向けた。

「ちょっとお話ししたいことが……」

私は自分の机に荷物を置くと、社長の前に向かった。仕事前の時間を邪魔することになるのは申し訳なく思ったけれど、社長は、

「なんだ。内部告発かな」

とおおらかに笑って新聞を閉じた。

この会社には、競い合いもなければ、野心を持っている人もいない。みんなが穏やかに目の前の仕事をこなしている職場に、告発するような問題は一つもなかった。

「いえ、山添君のことで」

私は社長に勧められて隣の椅子に腰かけた。

「山添君。おお、そういうことか。この年になってキューピッド役を頼まれるとはな」

「キューピッド？」

「ああ、うん。うすうす勘付いてはいたけど、二人お似合いだと思うよ」

社長が満面の笑みを浮かべるのに、私は首を横に振った。

「違います。全然」

「違うの？」

「はい。山添君のこと好きではないですし、山添君も私のこと苦手なんじゃないかと」

「え？　そうなんだ……。だったら何だ？」

「あの、山添君、この前しんどくなってましたよね」

「藤沢さんが家まで送ってくれたんだよね。ああ、その時好きに？」

「いや、だから、私たちは全然」

社長はどうしても私たちをくっつけたがっているようだ。私はもう一度きっぱりと首を横に振った。

「山添君、時々遅刻するし、しんどそうなことが多いし、ついでにガムも噛んでて、でも、それは」

「藤沢さん、よく見てるね」

社長はまだにやにやしている。私はそれにはかまわず話をつづけた。

「で、そのそれは、パニック障害のせいだと……。えっと、つまり、心因性の病気で。体調が悪いわけでもなく、発作を起こしてしまうんです。この間倒れそうになっていたのもそれではないかなって」

社長にはなじみがない病名だろうと私が説明を加えるのに、

「ああ、パニック発作だろうな」

と社長はすんなり答えた。

「知ってるんですか？」

「本人から聞いてはないけど、なんとなくそうなのかなって。ぼくはそういうのには詳しくないから、ちゃんと理解しているわけでもないんだけど」

「はあ……」

社長がパニック障害だと知って驚くのではないかと危惧していたが、すでに勘付いていただなんて。

「山添君、仕事はちゃんとやってくれてるし、問題ないけど。本人はしんどそうだよなあ。で、どうして藤沢さんがそれを?」

「あ、いや、その……」

散髪と同じく、今回もとんだおせっかいだったようだ。私は肩をすくめて、自分がPMSであることを知ってもらっていることでずいぶん楽になったこと。山添君も隠さずに済んだら気持ちが軽くなるんじゃないかと思ったことを話した。

「なるほど。藤沢さんらしいね。まあ、でも、公表して楽になる人もいれば、誰にも気づかれずにいるほうが楽な人もいるから、難しいよね」

「ええ」

知られたくない気持ちはよくわかる。けれど、彼はいつ起こるかわからない発作を抱えているのだ。パニックですと開き直れたら、どれだけ楽になるだろう。

「ぼくもさ、三十年以上患っている病気があるんだ」

社長は私の顔を見て静かに口を開いた。

「三十年……」

そんなに長い間病気だということは、いまだ治っていない難しい病なのだろうか。唐突な社長の告白に私は息をのんだ。

「薬も試したし、医者にかかったこともある。いいと聞けば、お酢を風呂に入れたり、梅干しを食べ続けたりもした。それでも、完全には治らない」

社長の言葉に胸がしめつけられた。お酢や梅干しは以前母親が送ってくれていた健康雑誌によく出てきた民間療法だ。そんなものにすがりたくなるくらいなのだ。社長はどんな病気なのだろうか。

「梅雨や湿気の多い季節は耐えられなくなるよ。でも、ぼくはこの病気を誰にも知られたくない。だから、山添君の気持ち、わかるような気がするんだ」

社長は穏やかな顔を私に向けた。もはや山添君のパニック障害公表はどうでもよかった。こんなにも優しい社長が病気だなんて……。

「社長……、大丈夫なんですか？」

病気のことをどう聞いていいかわからず、私はそう言った。

「ああ。今は五本指靴下を穿《は》いてるから、調子いいんだ」

「五本指？」

「そう。抗菌防臭のやつな。一足八百円もするんだけど」

「抗菌防臭……」

「そうそう。あ、みんなには秘密にしておいてくれよ。水虫ってばれたら、嫌がられそうだろう」

「水虫……。あ、ああ、えっと水虫……ですね」

それほど深刻ではない病名に私は気が抜けた。

「ごめん、ごめん。山添君や藤沢さんが抱えているものと水虫なんかを一緒にしたら失礼だよな」

「いえ、そんなことは」

「二人ほどつらくはないだろうけど、平西さんは薄毛を気にしているし、鈴木さんは腰痛持ちだし、住川さんは年中肩が凝ってるらしいし、心身ともに迷いなく健康な人ってそうそういないもんだよね」

社長はそう言って肩をすくめた。

「そうですね。えっと、水虫もたいへんそうです」

私が言うと、社長は「藤沢さんらしいね」と笑ってから、

「もう年季が入った水虫だから、うまく付き合ってるけどね。だけどさ、誰にも言わずにいるんだけど、かみさんには気づかれているみたいで、靴に炭入れられたりスリッパこまめに干されたりしてる」

「そうなんですね」

「かみさんは自分に移されたくなくてやってるんだろうけど、そうやって気にしてくれる人が一人でもいるだけで、気は楽さ。山添君もそうじゃないかな」

社長は「よいしょ」と席を立った。もうすぐ住川さんが出勤してくる。私も自分の席へ戻った。

誰かの負担を和らげるのは、強引に髪を切ったり、勝手に告白したりすることなんかじゃない。靴に炭をしのばせる。そういうことが、苦しさを軽減させてくれるのかもしれない。

6

十二月二十八日から一月五日まで、仕事は正月休みだ。長い休みだといっても、どこに行くわけでもない。実家はここから四時間以上かかる。パニック障害になって二年、一度も帰っていなかった。

「仕事がどうしても休めなくてさ。この時期忙しくて」

そう電話をすると、母親は「今年も？　もう二年も顔見てないのに」と不服そうな声を出した。

「ああ、たぶん、来年のお正月には帰れると思う」

「孝俊、去年もそう言ってたわよ」

「悪い。でも、えっと、そう重要な仕事任されてて」

「正月に休みもらえないなんて、ひどい会社なんじゃないの？」

そう愚痴る母親の後ろで、「それだけ仕事させてもらえるんだ。ありがたいことじゃないか。今は仕事が一番大事な時なんだ」と父親が言うのが聞こえる。

「とにかく元気でやってるからさ。また余裕ができたら帰るよ」

「まあ、仕事ならしかたないけど」

「うん。ごめんな」

これ以上話すと嘘がばれてしまいそうだ。俺はそそくさと電話を切った。

来年には帰る。そうは言ったけど、見通しはない。各駅停車の電車すら乗れないのに、新幹線や飛行機での移動は考えられない。それに、家族と一緒にいる時に発作を起こしたら、みんな衝撃を受けるだろう。まず、こんな姿の俺を見て、父親や母親はどう思うだろうか。見た目が大幅に変わったわけではないが、今の自分に覇気がないのは明らかだ。

家族にだけでもパニック障害だと告白してしまえば、楽になると思ったこともある。俺が動けないと知ったら、両親が会いに来てくれるだろうし、嘘をつく必要もなくなる。

だけど、親はショックを受けるだろう。自分たちの育て方が間違っていたのだろうかと的外れに落ち込むだろうし、そもそも心因性の病気がどういうものかすんなりとは理解できそうにない。どう説明したって、何か原因があるのでは、治せる方法があるのでは、と究明しようとするはずだ。

両親には住まいを変わったことは知らせてあるが、前職を辞めたことも今の会社にいることも話していない。二人とも俺が順風満帆な日々を送っていると信じている。そのほうが親だって幸せだ。正直ではない。けれど、心配をかけることを報告する必要はない。

すごい病気だよなと時々思う。手術も入院も必要なければ、発作を起こしていないときはどこも痛くないし、しんどくもない。だけど、外食もできないし、電車にも乗れない。誰かと共にいることを避けたくなる。家族に会うこともままならず、一人でいることを優先する生活。こんな日々がいつまで続くのだろうか。慣れてはきたが、先を想像するとぞっとする。

九日間の冬休み。こんなにも長い間、引きこもってしまってはだめだ。そうでなくても、晴れ間が見えない空が続くのに気持ちはふさいでいる。二日に一度は外に出るようにしないとと思っていたはずなのに、年末は外に出る気にならず、そのままずるずると新しい年が始まって四日が過ぎてしまった。仕事や約束。そういう強制的なものがないと、外出する気を起こすのは難しい。

「昔は大雪が降って何もかも覆い尽くしてしまったから、冬はみんな休むしかなかった。それが最近はどんな天候でも行ける場所があってそれはそれでたいへんだなあ」

俺の実家は雪深いところにあるから、じいちゃんはよくそう言っていた。

夏なら海に、冬なら雪山に。季節ごとに楽しめる場所があるなんてすばらしい。昔の俺はそう思っていた。だけど、冬はオフシーズンなのだ。晴れているのか曇っているのかさえ判別できない、灰色の空。背筋を伸ばすことが厳しい寒さ。活動すべき季節じゃない。

でも、このままじゃ六日の仕事始めがつらい。休みが長くなるほど、勢いはつかなくなる。少し体を動かして、外の空気を吸うべきだ。近くの神社にでも初詣がてら散歩に出かけたほうがいい。一月五日、俺は意を決して身支度を整えると、外へ出た。

新年が始まったせいか、いつもより心が幾分軽い。あんなに億劫だったのに、いざ外の風に触れると新鮮な心地がした。パニック障害の俺でも、新しい年が始まれば、かすかな期待を抱きそうにもなる。

アパートの階段を下りて、通りを行く。商店街を抜けて細い坂道を上ると、小さな神社がある。

少し坂を上っただけなのに、神がいる場所だからか、神社には商店街や駅前とは違う凛とした空気が漂っていた。ただ、新年なのに誰も来ていない。祠《ほこら》があるだけの神社なんてこんなものか。俺は賽銭箱に百円玉をほうりこんだ。誰に聞かれるわけでもないのに、「パニック障害が治りますように」と願うのはどこか恥ずかしく、「心身ともに健康でいられますように」と手を合わせてつぶやいた。

そのまま祠の前で何度か深呼吸をして、体に空気を巡らせた。冬のきりっとした寒さは体をしゃんとさせてくれる。いい感じだ。さあ帰るとするか。一つ目的を達成し、気分はよかった。もうすぐ十二時だ。家に向かって歩いていると、朝ごはんを食べていないせいでおなかがすいてきた。

商店街の路面店から焼きそばのにおいが漂っている。ああ、いいかもな。カロリーメイトやコンビニのパン。そんなものばかり食べていたが、たまには熱々の焼きそばもいい。店には誰も並んでいない。さっさと買って、帰って食べるか。

そう思って、大きな鉄板の上でそばを焼いていたおじさんに一人前を注文すると、

「あ、待っててな。今五人分注文入ってるから、これ詰めてから焼くな」

と返された。

「あ……はい」

その瞬間、気持ちがざわつきだした。

あのそばを五つのパックに詰める。そのあと、焼き始める。肉にキャベツにそば。そして味付け。焼きそばが出来上がるのに、どれくらい時間がかかるだろうか。おじさんは五人分の焼きそばをもう容器に詰めている。大丈夫だ。意外と早くできるだろう。

「肉、いっぱい入れておくな」

おじさんはそう笑いかけながら新たにそばを焼き始めた。

「ありがとうございます」

肉などいらないから早くしてほしい。俺はなんとなく喉がつっかかるような感覚を覚え、ダウンジャケットのファスナーを開けた。締め付けられていると苦しくなる。体を軽く揺すりながら、キャベツと肉が炒められているのを見守っていると、おばさんが焼きそばを

取りにきた。

「五つだから千五百円ね」

「ああ、はいはい」

おばさんは財布をごそごそし始める。

お願いだ。早く払ってくれ。だめだ、焦っては。俺はゆっくりと深呼吸をした。息を吸うことではなく吐くことに意識をして丁寧に呼吸をする。

「五百円のおつり。兄ちゃん、もう少し待ってな」

おじさんはそばを鉄板にのせた。麺に火が通ってソースをかけたら終わりだ。ここまで耐えたんだ。もう少し待とう。家を出る時に薬だって飲んできた。倒れるわけがない。ここは外だ。風通しもいいし、いつだって動くことができる。そう自分に言い聞かせているのに、ふわっとしためまいが起こり始めている。おじさんは俺のために肉を多めに焼いてくれているんだ。あと三分も待てば帰ることができる。すぐじゃないか。いや、だめだ。もう限界だ。さっきまでそそられていたソースのにおいに胃が重くなる。このままじゃ倒れてしまう。俺は、

「すみません。やっぱりいいです」

とおじさんに告げた。

「え？　もうできるけど」

「すみません」

おじさんはもうパックに詰めかけている。でも、その三十秒ですら俺の体は待ってくれない。この寒さの中、汗がにじんでいる。とにかく家に帰りたい。

「おい、兄ちゃん、どうしたの？」

と言うおじさんの声を吹っ切って、俺は帰り道を急いだ。

ところが、もう無理だと必死で足を進めていたのに、アパートが見えてくると動悸もめまいも落ち着いてきた。なんだ、違ったのか。

発作が起きそうで起きないことはけっこうある。発作の予感に慌てて薬を飲んで横になったとたん、何事もなかったように気分がよくなったのは一度や二度じゃなかった。今回は気のせいだったんだ。少し待てばよかった。自慢げに肉を多めに焼いてくれていたおじさんの顔を思い出すと、胸が痛んだ。

人目を気にするのはよくない。どこでだって倒れていいと思いなさいと医者は言う。俺自身も、発作を起こして迷惑がられることは、そうないということもわかってきた。でも、パニック障害の厄介なところは、人をがっかりさせてしまうところだ。発作を起こして人に騒がれることにも、同情されることにも、慣れた。だけど、誰かに落胆されるのはどうやっても慣れない。見ず知らずの焼きそば屋のおじさんであっても、俺のせいで肩を落としていると思うとたまらなかった。

あと少し店の前に立っていられたらよかったのに。そう思いながら、アパートの階段横に設置されている郵便受けを開けると、紙袋と封筒が入っていた。封筒には俺の住所と名前が書いてあるが、差出人は書かれていない。紙袋は差出人どころか、宛名すらもなかった。なんだろうか。紙袋を開けてみると、中にはお守りが二個入っていた。よく見てみると、それぞれ違う神社の名前が書かれてある。誰が入れたんだろうと思いながら、封筒を開けると、こちらにもお守りが入っていた。

いったい、どういうことだ。こんなにお守りが入れられるなんて宗教の勧誘か？　それなら、あちこちの神社のものを入れないだろう。近所の子どものいたずらだろうか？　いや、子どもがお守りをわざわざ購入しない。となると、他の住人の分がまぎれたのか？　でも、俺の両隣は空き家だし。ああ、もしかして……。あの人、こういうことしそうだ。俺はそう確信した。

7

年明け最初の仕事は全体的にゆっくりとしていた。みんなが休みから抜け切れていないのもあるし、仕事もたまっていない。

「今日はもう上がりでいいなー」

三時過ぎ、社長がゆるりと言うと、

「そうっすね」

と昼過ぎからあくびばかりしていた平西さんも同意した。

正月休み、私はずっと実家で過ごしていた。帰りに少し街のほうに出て買い物でも行こう。そんなことを考えながら、住川さんや平西さんたちが帰るのを見送ってから事務所を出ると、「藤沢さん」と山添君に呼び止められた。

「どうしたの？」

「あの、お守り」

「ああ、あれね、お正月に実家のそばの神社に行ったから買ったんだ。よかったらと思って」

一昨日、実家から家に戻るついでに、山添君のアパートによって郵便受けにお守りを入れておいた。靴に炭をしのばせるほどの効果は期待できないけど、神頼みをするのも悪くない。

「藤沢さん、三つも神社に行ったんですか？」

駅に向かって歩く私の横に並びながら山添君は言った。

「三つ？　私が行ったのは、小原神社だけだよ。昔から毎年行くんだ」

「じゃあ、他のお守りはどこで？」

「他のお守り？」

山添君が何のことを言っているのかわからず私が首をかしげるのに、

「これです。ほら」

と山添君は鞄からお守りを取り出して見せた。

紺に金の刺繍が施してあるものは私が買った小原神社のものだ。だけど、他のお守りは見たこともない。

「私が買ったのはこれだけだよ」

私は紺のお守りを指さした。

「昨日、三つ郵便受けに入ってたんですけど」

「三つも？」

「ええ。紙袋に二つ、封筒に一つ入ってたんです」

それはどういうことだろうか。私はお守りをそのまま郵便受けに入れたから、誰かが紙袋に一緒に入れたのだろうか。

「藤沢さんくらいしか、こういうことする人考えられないんですけど」

山添君は三つのお守りを私が入れたと疑っていないようで、きっぱりと言った。

「まさか。ちょっと、見せて」

私はお守りを手に取った。一つは伊勢神宮のもので、もう一つは日吉神社と刺繡されている。私の実家は茨城だから伊勢神宮は遠いし、日吉神社は聞いたことがない。

「伊勢神宮のは封筒に入ってて、ぼくの住所と名前だけ書かれてました。遠いから取り寄せたんですか？」

「どうして、わざわざ取り寄せるのよ。それに、山添君の住所知らないし。日吉神社も、私行ったことすらないよ」

「じゃあ、どうやって手に入れたんですか？」

「だから、私が買ったんじゃないって」

「じゃあ誰が？」

誰がと言われても、わかるわけがない。同じように山添君にお守りを贈った人物が他にもいるなんて、私も驚きだ。

「山添君、心当たりはないの？」

「まったくありません」

「いったい誰だろう……。不思議だよね」

駅が見えてきて、私は足を止めた。買い物などどうでもよくなった。それより、お守りの贈り主が気になる。私と同じ行動をした人物は、どんな人なのだろうか。しかも二人もいるなんて。

駅前のスターバックスでもう少し詳しく話を聞かせてと言ったけど、スタバなんて到底無理だと山添君に断られた。それならマクドナルドもあったはずだと言うと、そんなところ入れないと言う。万が一発作を起こしても、スタバの店員ならスマートに対処してくれるだろうし、マクドナルドはいつも混雑しているから倒れても目立たないだろう。そう言ったけれど、まるで聞き入れられず、結局山添君のアパートでお守りについて話すこととなった。

「さほど親しくない男の人の部屋に入るのはどうかと思うんだけど……」

私がそう言いながら玄関で靴を脱ぐと、

「藤沢さん、前もここに来ましたよ。しかも、かなり堂々と」

と山添君は言った。

山添君は人を招き入れることには抵抗がないみたいで、布団も敷きっぱなしの殺風景な部屋に「どうぞ」と通してくれた。

「前は髪を切るという明確な目的があったから何でもできたんだけど。あ、今日もお守りを入れたのが誰かを探るという目的があるからいいのか。うん、お邪魔します」

「温かいお茶でも淹れましょうか。ノンカフェインのほうじ茶しかないですけど」

「ありがとう」

私もカフェインは摂っていない。ＰＭＳとパニック障害は気にする食べ物が似ているようだ。

「お守り、この袋に入ってたんです」

山添君はお茶をテーブルに置くと、茶色い封筒と白い紙袋を持ってきた。何の変哲もないごく普通の袋。封筒に宛名があるだけで、どちらも差出人などは書かれていない。

「封筒は切手があるし、郵送だよね。小原神社と日吉神社のが紙袋に入ってたんだ」

「そうです」

「うーん。お守りが三つ。一つは私で、ほかの二つを贈った人物のどちらかが私の分を紙袋に入れた。いやちょっと待って。二人なのか、それとも、一人の人物が二つのお守りを用意したのか……」

「なんなんですか。その探偵ぶった言い回し」

「私、意外と推理ドラマとか好きなんだ」

そう答えながら、私はあれ？　と思った。好き勝手に話している自分にだ。山添君とは長年の付き合いというわけでもないし、わかり合える間柄でもない。それなのに、まったく相手の反応を気にせずに話している。こんなこと言ってどう思われるだろうか、嫌な感じに響かないだろうか。言葉を発する前に通る頭の中にあるフィルターが、今は一切機能していない。髪を切りに行った時点で変な人だと思われてるからもうあきらめているのか、同じような病気を抱えているからＯＫなのか、理由はわからない。だけど、とても楽だ。

「はあ……。これ、事件じゃないですよね」

山添君はため息をつきながら言った。

「ある意味事件だよ」

「藤沢さんじゃないのなら、誰かのいやがらせでしょう。普通、名前も書かずに郵便受けに物を入れないから」

確かに普段なら、私だって名前も記さずに物を入れない。だけど、お守りを入れる時、いちいち名乗るのも差し出がましい。ただ、いいことがあればいいなと思ってるくらいなのに。そう思って、何も書かずに突っ込んだ。

「でもさ、お守りってそういうものかも」

「そういうもの？」

「なんていうか、ちょっと祈ってみただけで、大げさにしたくないっていうか」

「ぼくにはわかりませんけど」

「とにかく考えてみようよ。封筒の文字に見覚えはないの？」

「どうだろう……。どこかで見た気はするけど、気のせいのような」

「じゃあ、神社名がカギだね。伊勢神宮は三重県でしょ。山添君、三重にお知り合いは？」

「いません。関西圏には誰も」

「そっか。伊勢神宮は大きな神社だから、旅行で訪れた人が購入したとも考えられるよね。消印も伊勢か。ちょっと絞りにくいかな。こっちの日吉神社の線から洗い出そう」

私はそう言いながら、どこかわくわくしてきた。私と同じような思考を持った人がどんな人か知りたい。

「調べましょうか」

「うん。って、山添君、このお守り手にした時点で調べてみようって思わなかったの？」

「てっきり藤沢さんだと思ったから」

「どこの誰があちこちの神社回ってお守り集めるのよ。それより、どうして私が山添君にそこまですると思うの？」

「藤沢さんがやりそうなことだと思っただけです」

山添君はそう言いながらスマホをいじると、

「日吉神社、全国各地に大量にありますけど」

と私に画面を見せた。

「え？」

驚いたことに、日吉神社は北海道から九州まで八百以上もあるらしい。

「神社の名前ってかぶってるんだ。しかもこんなに。知らなかった」

「ということは、突き止めるのは無理ですね。もういいとしましょう」

八百という数にあきらめたのか、山添君はそう言った。

「本当にいいの？」

「ええ。ちょっと気味は悪いけど、見つかりそうにはないですし」

「気味悪い？」

「知らない人にお守り入れられたら怖いですよね。しかも三つも」

「藁人形が三体入ってたら怖いけど、お守りでしょう？　誰かが山添君の幸運を祈ってるってことだよね」

「名前を伏せてですか？」

「そう。ひそかに山添君が幸せになったらって……」

もしかしたら……。きっと、そうだ。山添君が抱えているものを知っている人は私以外にもいる。山添君に負担をかけないように、大げさにならないようにと、黙って祈るような人。お守りの贈り主の一人は見当がついた。八百もあるのだ。日吉神社はこの辺りにもあるのだろう。謎は伊勢神宮のお守りだ。

「ご両親とかご親戚とか、伊勢神宮に行かれてないの？」

「いえ。うちは島根なんで、わざわざ伊勢神宮には行かないです。出雲大社がありますから」

「そっか。じゃあ……」

「あの、本当もういいですよ」

「どうして？　知りたくないの？　自分のことを誰が祈ってるのかって」

「藤沢さんかなと思って声をかけただけで、とくには」

「なによそれ」

山添君の答えに拍子抜けした。もし、私の元にお守りが三つも届いたら、誰がどう思って贈ってくれたのか、何としてでも知りたい。

「お茶淹れなおしますか？　それとも」

「それとも帰ってってこと？」

「やることもなくなりましたし」

「山添君、昔からそうなの？」

「そうって？」

山添君はもうお茶を飲まないと判断したのか、私の湯吞を流しに運んだ。

「なんていうか周りに興味がないっていうか、それってもともとの性格なのか、それともパニック障害のせいか、どうしてかなって」

「俺は……」

湯吞を置くと、山添君はこっちを振り返った。

「もともとの俺は、全然こんなのじゃないですよ」

「そう、そうだよね」

山添君があまりにはっきりと言うのに、私は少し驚いた。

「こんなわけないじゃないですか。前の俺は、おしゃれな美容院にだって行けたし、ジムにも通ってたからもっと筋肉質だったし、洋服にも気を遣ってたし、あちこちに出かけて……」

「山添君かっこよかったんだね。うん、そんな感じする」

「それに、仕事だってバリバリしてたし、友達も彼女もいて、週末はだいたい出かけてて、マクドナルドやスタバどころかフランス料理もラーメンも食べられたし」

「わかったよ。私、何も責めてるわけじゃなくて、気にならないのかなって思っただけだから」

山添君の必死さに、私は苦しくなった。

「それが一瞬にして変わったんです。だから、今は楽しいことなんて何もない」

山添君は投げ捨てるように言った。

「そんなこともないだろうけど……」

「そんなことあります。何を食べてもおいしくないし、何を見てもおもしろくないし、やりたいこともやるべきことも、何もないんですから」

「でも、ほら、やりがいが持てない人なんてたくさんいるし、そうそう人生なんて楽しいものでもないし……」

私が何とか言葉を並べるのに、少し落ち着いてきたのか、「ですよね」と山添君はいつもの淡々とした感じでうなずいた。

「私も楽しみなんてそうないよ。まあ、食事はおいしいとは思うけど……。あれ、もしかして山添君、単においしいもの食べてないだけじゃない？　いつもカロリーメイトばかりで味に慣れてしまってるのかも」

「はあ」

「それと一緒だよ。楽しいことがないから楽しくないだけで、おもしろそうなことがないからやる気が起きないんだよ。ということは、ちょうどいい時にお守りが来たんじゃないかな？」

は少し笑ってくれた。


「そう。このお守りの真相をつかむのを、生きがいにしたらどうかな？」

私が話を進めるのに、かろうじて笑顔だとわかるくらいではあるけど、ようやく山添君は少し笑ってくれた。


「誰がお守りを入れたかを見つけるのが生きがいだなんて、さみしすぎませんか」

「これ、実はけっこう大きなテーマだよ。サスペンスの要素もあるし、なおかつ山添君の幸せを祈っている人を探すってことだから心温まるドラマもあるし、いろんな側面を持った壮大なプロジェクトだよ」

「はあ……。あ、藤沢さん、そんなに気になるならどうぞ。この件お譲りします」

「お譲りしますって、私がお守りの贈り主を知ってもしかたないよ」

「だったら、もういいにしましょう。今のぼくにはお守りを入れてくれるほど懇意にしている人はいないし、身を案じてくれる人物も思い当たりません。まったく見当がつかないからこそ、誰かの間違いか、たわいもないいたずらというところじゃないでしょうか」

山添君は適当に話をまとめた。

「私、一人は見当がついてるんだけど」

「誰ですか？」

「すごく身近な人物」

「身近な？　ぼくの知ってる人ですか？」

「そりゃそうだよ。見ず知らずの人がお守り入れたら、ホラーでしょう」

「それを言うなら、突然家に乗り込み髪の毛を切った次は、お守りを突っ込んで、挙句にはわけのわからないプロジェクトを組み立てている藤沢さんこそがホラーですよ。というか、藤沢さん、どうしてここまで乗り出すんですか？」

「どうしてって……」

私は自分のことなのに首をかしげた。髪は長いから切って、いいことがあったらいいなとお守りを突っ込んだ。同じようにお守りを入れた人がいるのなら知りたい。それだけでとくに理由はない。いつもとは違って、おせっかいだと思われないだろうか、嫌な気分にさせたらどうしようかというような迷いは生じなかった。

「もしかして、……藤沢さん、俺のこと好きなんですか？」

考えている私に、山添君は表情一つ変えずそう言った。

「は？」

「俺に興味があるのかと」

「うそでしょう、どこが？」

あまりに突拍子もない言葉に、私は思わず声が大きくなった。

「どこがって、会社で見る藤沢さんは周りを気にして突飛《とっぴ》な言動はしないのに、ぼくのことに関しては積極的だなと。もしかしてＰＭＳの症状かとも思ったんですけど、今はその時期じゃないはずだし。だとしたら俺のことが好きなのかと考えるのは自然ですよね。そうでもないと、こんなに突っ込んでこないかと」

　彼は何を冷静に述べているのだろう。私は頭がくらくらした。

「山添君、今パニック発作起こしてるの？」

「いえ。いたって平常です」

「だとしたら、信じられないほど自意識過剰なんだけど」

「そうですか」

「そうだよ。私、山添君に好意を見せたことある？　どちらかと言うと、いや、どちらかと言わないでも苦手なタイプなんだけど」

　苦手だというのは失礼か。でも、勘違いされたら困る。

「はあ。そうですか」

「髪の毛は尋常なく伸びてたから切っただけだし、今日はお守りを入れたのが私だと言われたから来たんだよ」

「なるほど……」

　何がなるほどなんだ。山添君の発言も反応も、どこかおかしい。でも、だからこそ、どうでもいいと思えて、私は何も気にせずにいられるのかもしれない。

「まあ、いいや。とにかく山添君はお守りを贈ってくれそうな人物をピックアップしておいて」

私はそう言って玄関に向かった。山添君は相変わらず「はあ」とまるで気のない返事をしている。これでよくも俺のことが好きなのかだなんて言えたものだ。

「あ、そうだ」

帰り道に買い物をしていこうと考えてひらめいた。

「次はなんなんですか?」

「いいこと思いついた。明日、お楽しみを用意しておくから、はりきって会社来て」

「はりきって?」

「うん。じゃあ、明日」

生きがいを見つけるのは難しいけど、楽しみは簡単に作れる。自分の思いつきに一人でわくわくして、私は帰り道を急いだ。

8

はりきって会社に行くってどうすればいいのだろう。早めに出社すればいいのか、それとも、鼻歌でも奏でながらドアを開ければいいのだろうか。そういえば、パニック障害になってから一度もはりきっていない。そもそもはりきるってどんな感じだっただろう。どうすればいいのかわからなかったが、遅刻だけはしないように会社に向かった。

事務所に入ると、藤沢さんはすでに出社していた。

「おはようございます」

誰に向けるわけでもない挨拶をしながら自分の机に行くと、コンビニの袋が置かれていた。なんだろう。誰かが間違えたのかとあたりを見てみると、藤沢さんが、

「よかったらお昼に」

とにこりとした。

お昼に？　まさかお楽しみって、これのこと？　と思っていると、社長が、

「よし、みんなそろったな。じゃあ、始めるか。今日も無理なくけがなく安全に。がんば

っていきましょう」

といつもの号令をかけた。


「俺、山添君の担当のとこ、一軒回るわ」

倉庫で作業をしていると、平西さんが声をかけてきた。

「いえ、大丈夫ですよ」

「俺の回ってた店、先週二つも取引なくなってさ。余裕あるから」

「そうですか。じゃあ」

釘やら波板やらパイプやらを軽トラに載せて、金物屋やホームセンターに運ぶ。それが栗田金属の主な仕事だ。自分で運転している時には発作は起きにくいから、倉庫にじっとしているよりマイペースで動ける配達は気分がよかった。ただ、金物屋は少なくなってきていて、配送先は減っている。このままでこの会社は大丈夫だろうかと不安になるが、社長はとりたてて対策を考えているふうでもなかった。

「栗田さんは自分の代でこの会社も終わりだろうと考えてるんじゃないかな。山添君と藤沢さん以外は年寄りだし、今ぐらいの仕事量でちょうどいいんだけどさ」

平西さんが俺の考えを察したように言った。

今日明日つぶれることはないだろうけど、十年いや五年後、この会社はどうなっているのだろう。

「うち珍しい道具も扱ってるからおもしろいとこもあるんだけど、若い人には物足りない仕事だよな」

「そんなことは」

「俺らは決まった店に決まった商品運んで、毎日同じような繰り返しでもいいけどさ。山添君まだ二十代だし、やりがいなくてつまらないだろう」

「いえ」

俺は首を横に振った。

今の俺はやりがいなど求めていない。仕事は生活するために必要なお金を得るためのものだ。お金以外に付け加えることがあるとすれば、生活にリズムをもたらすもの。仕事というしばりがなければ、朝起きることも外に出ることもなくなってしまう。そうなったら、自分がどうなってしまうのか。想像すると怖くなる。一人で仕分けをして、一人で配達するここでの仕事は、俺にはちょうどいい。誰かと一緒にいると、緊張感が出る。共同でする作業がほぼない単純な仕事は、今の俺にはありがたかった。

「昔は、俺らも取引先を増やすことに必死になったり、自分が勧めた商品が売れたら嬉々としたりしてさ。社長も俺たちも若かったし、あと二人社員もいて、活気あったんだけどな」

栗田金属には専門的な金物もある。丁寧に説明を加え宣伝すれば、手に取ってもらえる商品も増えるはずだ。以前はそうやって商売をしていたのだろう。

「そうだったんですね」

「鈴木さんはもともと大工だったんだけど、うちの商品に興味持って入社したんだよ。あの人は釘一つにしてもよく知ってるから、いい商品をさらに見つけてきてさ。それがまた売れるんだよな。いやあ、おもしろかったな。ただ、何せ少人数の会社だから、仕事が増えると誰も休めなくなってさ。業績が伸びるほど、無理するしかなくて。というより、みんな必死で無理してることさえ気づかなかったんだよな。副社長が体を壊すまでさ」

「副社長?」

「栗田さんの弟が副社長で……」

平西さんはそこまで言っておきながら、「ずいぶん昔の話だよ。今はゆっくりやろうが栗田金属のテーマだから。でも、あれか、最近の若い人は、仕事はさておき、プライベートを充実させてるんだよな」

と話をそらした。

副社長を務めていた弟さんはどうなったのだろうか。体を壊した。それは、会社の流れを変えてしまうくらい大ごとだったのだろうか。気にはなったが、掘り下げて尋ねることはできなかった。始業前に社長が発する、「今日も無理なくけがなく安全に」毎朝繰り返される、その言葉だけで想像することはできる。

「自分の時間が大事に持てるっていいことだよな。若い人はやりたいこともたくさんあってキラキラしてるわ。俺ら年寄りは自由時間が増えたって何していいかわからなくてさ。家に早く帰ったって、テレビ見てだらだら寝てるだけだ」

平西さんはそう肩をすくめた。

俺も同じです。そう言おうと思ったけれど、うまく声にはならなかった。若い人。俺は平西さんの言う若い人に入っているのだろうか。

「じゃあ、これ、もらってくわ」

平西さんは軽々と荷物を抱えた。

*

昼休憩、用意してきたカロリーメイトが鞄に入ってはいるけど、俺は藤沢さんが置いてくれたコンビニの袋からおにぎりを取り出した。

辛子明太子と唐揚げマヨネーズのおにぎり。どうってことのないよくあるものだ。これの何がお楽しみなのだろうか。はりきって出社するに値するものがどこにあるのだろう。

唐揚げマヨネーズは胃にずしんと来そうで、俺はたらこのおにぎりの封を開けた。くじびきでもついているのかとよく見てみたが、何もない。藤沢さんのほうに目をやると、パンを住川さんと食べている。

「お、珍しいな」

たらこおにぎりを口に入れていると、社長が言った。

「珍しい……?」

このおにぎりはそんな希少価値があるものなのか。俺が首をかしげていると、隣の席の平西さんがカップ麺をすすりながら「本当だな」と言った。

「これ、ですか?」

「ああ、いつも山添君、セブン‐イレブンだもんな」

「セブン‐イレブン?」

確かに俺の家の近所にあるコンビニはセブン‐イレブンだ。それがどうしたのだろうか。

「それ、ローソンのだろう」

「みたいですね」

コンビニの袋を確認しながら俺がうなずくと、

「いや、山添君はてっきりセブン‐イレブンびいきなのかと思ってたからさ」

と社長は笑った。

「まさか」

いつもアパートのすぐそばにあるセブン－イレブンで買い物を済ませているから、他のコンビニには二年以上行っていない。だけど、店を比べたわけではなく、近くて便利な場所を利用しているだけだ。

「ぼくもセブン派だけどな。たまにコーヒー飲むんだけどけっこう本格的でさ。あれ、いけるよ」

「うちは孫がからあげクンが好きで、よく買ってきてと頼まれるからローソンが多いかな」

社長と平西さんが言い合うのを聞きながら、俺はおにぎりを口にした。手軽だからコンビニで買い物をするのかと思っていたら、みんな意外にこだわりがあるようだ。

最初のパニック発作が食後に起こったせいか、あれ以来、満腹になると気分が悪くなり、おなかいっぱいに何かを食べることが怖くてできなくなった。そもそも食欲もないし、昼食や夕食もカロリーメイトや軽めのパンで済ませることが多い。だけど、おにぎりも悪くない。カロリーメイトみたいに喉に詰まりそうにならないし、米はやっぱりおいしい。ついでに、コンビニの話で盛り上がるおじさんたちもなんだかおもしろい。俺はたらこのおにぎりを食べ終えると、温かいお茶をゆっくりと飲んだ。

「お楽しみっておにぎりのことだったんですか？」

仕事を終え会社を出ると、俺は駅へ向かう藤沢さんに声をかけた。

「そうそう。驚いた？」

藤沢さんはうれしそうな顔を見せた。

驚いたのはおにぎりが用意されていたことより、こんなことがお楽しみだったことのほうだけど、俺は「まあ」と答えた。

「でも、どうしておにぎりが？」

「おにぎりじゃなくて、ローソンってことだよ」

「ローソン？」

栗田金属の人はみんなどうしてこうもコンビニに細かいのだろう。

「山添君、電車乗らないし、車持ってないんだよね？」

「ええ。そうですけど」

「山添君の家から徒歩圏内にあるコンビニはセブン－イレブンが三軒、ファミリーマートが一軒なんだよね」

「なんですか。その情報」

この人、俺の家の周りをくまなく歩いたのだろうか。

「ということは、ローソンのおにぎり、山添君買うチャンスないでしょう？」

「はあ……」

「買えないものがあるってすごくない？」

「はあ」

なるほど。ローソンで売っているものを食べられるということは、電車に乗れない俺にとってはどうやら貴重なことのようだ。

「またいつか、ローソンで買ってくるね。で、そのいつかは不明にしておく。そしたら、毎日会社来るのわくわくするでしょう」

藤沢さんは自慢げに言ったけど、知らないうちにコンビニの食べ物が用意されているだなんて、わくわくじゃなくてひやひやだ。

「あ、あの俺、そんな食べないんで、少なめにしてもらったほうが」

「へ？」

「今日も唐揚げおにぎりは残してしまったし。おにぎりなら一つが限度だし、脂っこいものは苦手で。どうせなら日持ちするものにしていただけたら」

「山添君、これ、何かの症状が出てるの？」

藤沢さんは眉をひそめた。

「いえ、今は平常です」

「山添君、すごく大胆」

どこがだろうか。俺のほうが眉をひそめたくなる。

「自分が物をもらうときに、こんなに事細かに注文出す人、私、初めて見た」

「勝手に持ってこられて、残すことになったら、もったいないからです」

「なるほど。それもそうか」

「そもそも俺は食べ物いらないです。でも、藤沢さんが強引に買ってくるのなら、好意を無にするのも悪いし、どうせなら必要なものにしたほうがお互いいいでしょう？」

俺が説明するのを、藤沢さんは「そうなのかな」とうなずいていた。なんでも食べられた以前より、食欲がなくなった今のほうが食べ物を粗末にすることに罪悪感がある。残すことは、なるべくしたくない。

「おにぎりなら一つ。あっさりしたものにしてください」

「はいはい」

「わかってます？　生ものは避けて、できるだけ日持ちするもので」

俺が念を押すと、藤沢さんは「これ以上笑わせないでよ」と楽しそうな声を出した。

9

どうしようか。一月十九日、日曜日。良い天気に目覚めもいい。カレンダーをもう一度数えてみる。前回の生理から二十三日。まだ大丈夫か。昨日の晩、亜美からメールが来て、ジムの後ランチしようよと誘われてもいる。ＰＭＳが来るとしても明日か明後日。最悪でも今日の夜遅くだろう。それなら、少し動かして体を整えておくほうがいいかもしれない。迷った挙句、私は週に一度程度通っているジムへ、ヨガをしに出かけた。

ジムは会社の最寄り駅にあり、家から電車で十五分。急行に揺られていると山添君のことが頭に浮かんだ。電車に乗れないのはどんな感じだろうか。アパートと会社を、徒歩で行き来するだけの生活。毎日同じ景色を見て同じような時間を過ごす。その枠から出られないことは怖くないのだろうか。それとも、そういう日々が彼を安心させるのだろうか。山添君はどれほどのものを抱えているのだろう。いや、案外大丈夫なのかもしれない。

「藤沢さん、俺のこと好きなんですか?」と言ってのけるくらいに自意識過剰なのだから。

私はことこまかにコンビニでの買い物に注文を付けていた山添君のことを思い出し、吹き出しそうになった。

ヨガに来てよかった。ゆったりとした音楽を聴きながら、空気をたっぷり吸い込むと心地いい。子どものポーズにウサギのポーズ。伸ばされていく筋肉に体がよみがえり、隅々に血液や酸素がめぐる気がする。一時間みっちり体を動かした後、フロアでくつろいでいると亜美の姿が見えた。亜美はマシーンで筋トレをしていたようだ。

「朝から運動すると気持ちいいよね。今朝、私九時から来ちゃった」

「元気だね。二時間以上トレーニングしてたんだ」

私が言うと、

「元気って言っても、今日でついに三十歳なんだけどね」

と亜美は私の隣に座って肩をすくめた。

「今日、誕生日だったんだ。おめでとう。あ、ごめん、何も用意してなくて……」

亜美は去年の春ごろ、このジムで親しくなって、時々帰りにお茶をしたりごはんを食べたりする仲になった。知り合って一年も経っていなくて誕生日を知らなかった。あ、まずは若いって言っておかないと。私が慌てて、

「でも、三十歳には見えないよ」

と付け加えると、亜美は、

「ありがと。三十歳って節目だからかな。普段より祝ってもらえるみたいで気分いいよ。美紗で三十八人目」

と笑った。

「三十八人？」

「おめでとうって言ってくれたの」

「そうなんだ。すごいね」

「あ、四十二人に増えてる」

亜美は私にスマホの画面を見せた。青空の写真の横に、「おめでとう」の言葉が並んでいる。四十二人って、SNSで祝ってくれた人数か。それならいくらでも祝福してもらえるだろう。あれ？　どうしたんだ？　嫌味っぽい言葉が浮かんで、私は頭を軽く振った。

「五十人にはおめでとうって言われちゃうよね。もう子どもじゃないのに」

亜美が小さく笑うのに、

「そんなことないよ。おめでとうって言ってもらえるの幸せなことだよ」

と答えながらも、私の頭の中はざわざわしてきた。

落ち着け落ち着け。これは違う。気のせいだ。崩しちゃだめだ。そう言い聞かせるように深呼吸したのに、

「一人一人にありがとうって言いたいのに、返信が追いつかない」

とスマホをいじっている亜美に、

「だったら、わざわざ返さなくたっていいんじゃない?」

と言っていた。

「へ?」

「みんな機械的に祝ってるだけで……」

なんて意地の悪いことを言ってるんだ。私は必死で出てきそうになる言葉を飲み込んだ。もうここまでにしよう。今なら止められるはずだ。えっと、なんだっけ。そうだ。丹田を意識して、チャクラをイメージして……。さっきヨガで先生に言われたことを試みる。ところが、無理やり怒りをおしこもうとしたせいか、次は勝手に涙がこぼれてきた。

「ちょ、ちょっとどうしたのよ、美紗」

亜美は私の感情の揺れの大きさに戸惑いながらも、「大丈夫?」と背中に手を置いてくれた。それなのに、

「大丈夫だって」

と私からは鋭い声しか出てこない。

亜美は派手で人付き合いが広い分、気遣いも細かい。それは一年足らずの付き合いでもよくわかっているし、私は亜美のことを決して嫌いなわけじゃない。それなのに、

「あーもう、嫌になる」

と涙と同時にいらだちも高まる。

「美紗、どうしちゃったのよ。何か気に障った？」

「何も気に障ってないけど、面倒だなって」

「何が？」

「もう全部、いろいろ」

私は投げ捨てるように言った。涙と怒りが同時に出てきて、自分でも悲しいのか憤《いきどお》っているのかわからなかった。

「美紗、ちょっと疲れてるんじゃない」

「そんなことない。勝手に決めないで」

「そうだね。でも、今日はさ、もう帰ったほうがいいよ」

「どうして？　どうして帰らなきゃいけないの」

私は涙を流しながらも、亜美に食ってかかった。

「さっきまでヨガだってしてたのに、元気なのに」

「うん、わかったけどさ」

「何をわかってるの？」

「何をってこともないけど……とりあえず、私は帰るからさ。美紗も落ち着いたら帰りなよ」

亜美は私の感情のふり幅に怖くなったのか、一人にしたほうがいいと思ったのか、そっと立ち上がると「じゃあ、行くね」と背中を向けた。

「ちょっと待ってよ」

どうして置いて行かれなきゃいけないのだと、立ち上がったとたん、ふらっときた。足元から掬われるような体が浮く感じ。指先がひんやりと温度をなくしていくのに、顔はぼうっと熱くなる。来た、やっぱり来ていたんだ。

私は椅子に座り直すと、辺りを見た。何人かがこそこそと話しているし、受付の人も遠慮がちに私に目を向けている。また、やってしまったのだ。イライラが薄まっていく代わりにきた軽いめまいに、頭を押さえながら私は大きなため息をついた。


ジムを出た後も、不完全燃焼の怒りを抱えたままのせいか、気分がすぐれなかった。家に帰って休もうと駅に向かいながら、この間、山添君に寒空の下へ連れ出されたことを思い出した。

どうして彼は私のいらだちが起こる気配を察知できたのだろう。自分ですら何もわからずこうしてヨガに来てしまうのに。あの日、私は空き地の雑草を抜いて、ジャスミン茶を飲んで、いつしか怒りが治まっていた。

そうだ。会社の近くまで来ているのだ。あの空き地で雑草を抜けば、くすぶったままでいる小さないらだちくらいは消せるかもしれない。

　私は駅を越え、そのまま会社近くの空き地に向かった。空き地はあの日と同じように雑草がたくさんある。この寒さで枯れないとはすごい生命力だ。そんなことを思いながら空き地の端にしゃがみ込み、雑草を無心で抜いていくと、心がすっとしていく。草が土からするっと抜ける感触は心地いい。会社の周りは、事務所や小さな工場しかないから、土日はしんとしている。静かな中に漂う草のにおいも、冷え切った空気も、私の体をちょうどいいくらいに冷ましてくれた。

　家に帰ったら、すぐに亜美に誕生日おめでとう、やっぱり体調が悪かったみたいとメールで謝罪しよう。丁寧に謝れば、亜美なら許してくれるはずだ。今度謝罪とお祝いを兼ねてランチに誘おう。きっと大丈夫。元どおりになれる。そうやって自分に言い聞かせているると、

「何やってるんですか？」

　という声がした。

「え？」

　しんとした中、聞こえた声に驚いて振り返ると、後ろには山添君がいた。

「藤沢さん、空き地の清掃ですか？」

「いや、まあ……そうかな」

雑草を抜くことに夢中になっていて、人の気配に気づかなかった。

「日曜日に？」

山添君は不審な目を私に向けた。

「まあ、えっと、なんかイライラしてて……」

「イライラしたからって、こんなとこまできて雑草抜きを？」

「うん、もう終わりかな」

このままいくらでも雑草を抜いていられそうだけど、変な人だと思われたら困る。私は手についた土を払って立ち上がった。

「それなら、ごみ袋、倉庫からとってきますね」

山添君は事務所に行くと、袋を手に戻ってきた。

「雑草抜いた後のことまで考えてなかった」

ごみ袋に雑草を入れる山添君を眺めながら私はつぶやいた。

「空き地とはいえ、抜いたままにしておくのはどうかと。それに、藤沢さん、これ根から抜いてないですよね」

山添君は雑草を私の前に掲げた。

「そうだね」

「根が残ってるとまた生えますよ。せっかく抜いたのに」

「はあ……」

　本気で雑草を除去しようとしているわけじゃないんだけどな。私はそう思いながら相槌をうった。

「あ、もしかして、藤沢さん、雑草なくなったら困りますか？　あまり減らしすぎるのもよくないか」

「どうして？」

「全部なくなったら、ストレス解消できなくなりますよね？」

「いいよ、そんなの。たまたま近くのジムでヨガして、そこでいらだってここに来ただけで。雑草なんてどこにでも生えてるだろうし。それに、そんなに雑草抜きたいわけでもないから」

　私の答えに、山添君はまた奇妙な顔をした。

「藤沢さん、ヨガしていらだったんですか？」

「厳密にはヨガの後だけど」

「ヨガは心身ともにいいって聞いたことあるけど、そうでもないんですね」

　私のせいで、ヨガの印象まで悪くなるのはよくない。私が亜美との一件を話すと、

「PMSのせいというわけですね」

と山添君は袋を抱えて事務所のほうへ歩き出し、私もなんとなく後ろに続いた。

「それにしても、当たられた友達は気の毒ですね」

「うん……悪いことしちゃった」

そのとおり。せっかくの誕生日なのに、亜美は嫌な気分になったことだろう。早く謝らなくては。

「藤沢さんが好き勝手言ってる姿、目に浮かびます」

「普段の私は、いろいろ気にしすぎるほうなんだけど……。まあ、それはみんなそうか」

学生のころの私は、思ったことを口にして自由にふるまえる人をうらやましいと思っていた。自分はそれができないからPMSの時にいらだちが爆発してしまうのかもしれないとも考えていた。でも、社会に出て、関わる人も広がって、本当に言いたいことを言って、何の曇りもなく自由に思いどおりに生きている人などそういないことを知った。ありのまま生きているように見える人も、そんな強い自分であるために、どこかで無理をしている。他人がどう思うかを考慮せず、自分の心だけに従って動ける人は、たぐいまれなはずだ。

ただ、相手によって、そんなかまえを外せることはあるのかもしれない。山添君に対しては、嫌われたらどうしようとか、気を遣わせたらよくないとか、そういったことはどこにも浮かばない。どんな人間だと思われたいか。そんなことは一切考えずにいられる。

「便利ですね。言いたいこと言って病気のせいにできるなんて」

山添君が嫌味でもなく率直に言うのに、

「パニック障害だって、たまには使えるでしょう？　行きたくない誘いとかも発作が出るからって断れるし」

と私も思ったままの言葉で返した。

「ぼくはパニック障害のこと人に言ってないし、そもそもどこにも行きたくないから嫌な誘いしかないし、まず誰にも誘われませんけどね」

山添君は会社前のごみ捨て場に袋を置くと、事務所に鍵をかけに向かった。

「あれ？　いったい山添君は何しに？」

「何しにって？」

「どうして会社に？　日曜日なのに」

「ああ、まあちょっと仕事の片づけとか」

栗田金属は社員数が少ないから全員が鍵を持っている。でも、残業をする人も、休日出勤する人もいない。それなのに、日曜日に会社に来るなんて妙だ。

「わざわざ？」

私がそう聞くと、

「パニック障害だからです」

と山添君は答えた。

「パニック障害って、平日はやる気ないのに突然休みの日に出社したくなるの？」

「藤沢さん、ＰＭＳだからって言葉を選ばなくていいってわけじゃないですよ」

山添君は閉まっているか確認して鍵をポケットに入れた。

「うん。ちゃんと言ってもよさそうだって判断したから言ってる」

山添君がＰＭＳと口にするからか、相手が山添君だからか、何を言っても許されるだろうというのがわかる。そして、それは驚くくらい心を広々としてくれる。

「土日二日とも休んでしまうと、月曜日つらいじゃないですか。体が休むことに慣れてしまって」

「なんとなくわかる」

「無理にでも用事を作って外に出ないと、ぼく、本当に家で寝てるだけなんですよね。土曜か日曜のどちらかは外に出て、生活リズムを整えようと会社に」

「それなら、もっと楽しいとこ行けば……あ、そうか。楽しいところはないんだった。でも、会社？」

「縛りがないと動けないんですよね。藤沢さんの言うように、平日ぼくはあまり仕事ができていないので、休日に倉庫の整理をするのを決まりにしようかと。それなら、やらなきゃいけないとかろうじて体が動いてくれるんです」

「なるほど……。って、山添君、すごい働き者だったんだね」

自然と家に向かっている山添君の横を歩きながら私は言った。

「だけど、倉庫。いつもきれいなんですよね」

「そうなんだ」

「だから、簡単に掃除するくらいでやることないんですけど。じゃあ、ここで。また明日。あ、明日は欠席ですか?」

駅が見えてくると、山添君はそう言った。

「ううん。しんどいのは今日の夜中くらいで、明日は大丈夫」

「そうですか。じゃあ」

山添君は駅の北側へと歩いて行った。

三つのお守りの中でも、日吉神社のものは豪華なものだった。もしかしたら、よい一年にという願い以外に、山添君に対する感謝の気持ちも込められていたのかもしれない。

10

部屋に戻って荷物を下ろす。手洗いうがいはしっかりと。体調不良はパニック障害の天敵だ。風邪をひいて調子が悪くなると、発作もよく起きる。俺は加湿器のスイッチを入れると、テーブルの前に座った。

夕飯は、帰りに寄ったコンビニで買ったカロリーメイト。いつも一本で十分だけど、今日はおなかがすいていた。

あ、そうか。藤沢さんが掘り起こした雑草を片づけたからか。それに、なんだかんだとしゃべりながら歩いたからエネルギーを使ったのかもしれないと考えて、はたと気づいた。

誰かと並んで歩くことはパニック障害になってから避けてきた。途中で気分が悪くなることが不安だからだ。一人ならその場で家に帰ることも、休めそうなところを探してうずくまることもできる。だけど、人がいるとそうはいかない。自分のペースで動けないのは、大きなプレッシャーだ。それなのに、藤沢さんが隣にいても何も感じなかった。

藤沢さんにはパニック障害だと知られているから平気だったのだろうか。いや、それなら付き合っていた千尋だってそうだった。千尋は俺が最初にパニック障害を打ち明けた相手だ。何度も大きな病院に行くようにと勧めてくれたし、すぐに治るはずだと励ましてもくれた。千尋とは一年以上一緒にいたから、ありのままの自分も見せていたし、泣き言や弱音も吐いていた。でも、千尋の前では、いつもどおりの俺でいたかった。失敗するのも、間違って恥をかくのもいい。だけど、理由もなく発作を起こして倒れることはしたくなかった。治る見込みのない症状を抱えて千尋のそばにいるのはつらかった。心配や同情や励ましや慰め。ありがたいけど、毎日それらを向けられるのは重圧だった。千尋もそんな俺にどう接していいか迷っているようで、無駄に気を遣わせていた。一緒にいると楽しかった。顔を見るだけでほっとできた。それなのに、パニック障害になってから、千尋と会うたび心のどこかが緊張した。

今では千尋に会いたいと思うことはなくなった。でも、もしもパニック障害にならなければ一緒にいられたのだろうかと考えることはある。千尋がいて、仕事を続けていて、仲間とも交流して、自分の思うように動くことができる日々。パニック障害がなかったら、俺はどこまで進めていただろうか。二十五歳。明日や明後日が楽しみで、やりたいことが満ち溢れていたはずだ。やめにしよう。歩むべきだった自分の姿を思い描いたってどうしようもない。

藤沢さんと一緒でも平気なのは、きっとまるで好きじゃないからだ。だから、突然発作を起こそうとも、途中で気分が悪くなろうとも、どうでもいいと思える。藤沢さんだって俺のことを好きじゃないから、パニック障害のことなど、何も気にせずにいるのだろう。お互いに好意のない間柄というのは、こんなにも楽なんだな。異性といるときの心地いいどきどきも、淡い期待を抱くこともない相手。藤沢さんはそれだ。

そんな結論に至って、俺は「そりゃ失礼か」と独り言をもらした。

藤沢さんのことを思い浮かべたついでに、テーブルの上にお守りを並べてみた。面倒になってしまいこんでいたけど、少し考えてみるのもいいかもしれない。

小原神社は藤沢さんから。日吉神社のお守りの贈り主は、藤沢さんは見当がつくと言っていた。俺もなんとなくわかっている。そうなると、伊勢神宮は誰だろう。これだけが封筒に入っていた。俺の名前を書いた字はどこかで見たような気もする。三重に知り合いはいないから、旅行で伊勢神宮に訪れた人物が送ってくれたのだろう。

仲が良かった青木や石崎。気にかけて何度か連絡はくれたけど、お守りを送りそうにはないし、彼らなら一言添えるはずだ。千尋とは連絡さえしていない。前の職場の人たちも同様だ。

俺の住所は書いたのに、どうして自分の名前を書いてないのだろうともう一度封筒をよく見てみる。うっかり書き忘れたのだろうか。自分の名前を書くことなんて基本中の基本なのに、お守りの贈り主たちはみんな無記名だ。そうか。自分が何をしたかを示すことは、重要なことではない。

「誰がやったかなんてどうでもいいことだろう。何をやったかが大事だもんな」

あの人はよくそう言っていた。その言葉を思い出した俺の胸に、堰を切ったように熱い波が押し寄せた。


翌日の会社帰り、俺が「お守りについて考えるのはもうやめましょう」と告げると、藤沢さんは「そんなことわざわざ申し出るなんて」と少し驚いた顔を見せた。

「まあ、一応言っておこうかと」

「そうなんだ……」

「考えてもしかたないし、どこかの変わった人の仕業ってことで。藤沢さんみたいな人って案外いるんですね」

俺が言うと、

「私は一切変わってないけど」

と藤沢さんは真顔で言った。

確かに、藤沢さんはきちんとしている。仕事も的確で速いし、言動も控えめで目につくようなことは何もしない。だから、ＰＭＳで爆発した時に驚いたし、髪の毛を切りに来られた時はもっと驚いた。

「藤沢さん、だいたいはちゃんとされてますけど、時々相当おかしいですよね」

「そうかな……」

藤沢さんは歩く速度を緩めて首を傾げた。

「藤沢さんなら、お守りでも饅頭でも郵便受けに突っ込みそうです」

「まさか。山添君に思いを寄せてる女の子が入れたりしてなんて思ったんだけどな」

藤沢さんはそう冗談めかした。

壮大なプロジェクトだと豪語していた藤沢さんが、思いのほか贈り主探しをすんなり切り上げたことにほっとして、

「そんな人、いるわけないでしょうけど」

と俺も笑った。

「だけど、山添君だって昔は彼女いたんでしょう?」

「いましたよ。昔の俺は今とは全然違っていて、明るくて仕事もできて、積極的で行動力もあって、週末は……」

「あ、それ、前聞いた」

意気揚々と話しかけた俺を藤沢さんはさえぎった。

「山添君、昔の自分がよっぽど好きだったんだね」

「今と比べれば、どうしたってそうなります」

残念ながら藤沢さんの指摘どおり、俺は昔の自分が好きだ。仕事はやりがいがあって、休日も充実していた。社会の一員として生き生きとした毎日を送れている。そう自負できた。過去の栄光にすがるのは格好悪い。そんなことは百も承知だが、今の俺とじゃ雲泥の差だ。

「藤沢さんは昔の自分が好きだったりしないんですか？　ＰＭＳになる前の自分」

「ＰＭＳになる前は子どものころだし……。それに、昔の自分もたいしたことないから。でも、今のほうがいいことだって少しはあるでしょう？　なんていうか、自分のことゆっくり考えられるようになったとか、無理しなくなったとか……。少しくらいパニック障害がもたらしてくれるものがありそうだけど」

たまにそういう意見を聞く。パニック障害になって自分を見つめ直せたとか、環境を変えるきっかけになったとか、本当に自分のことを思ってくれる人物が誰かわかったとか。

でも、俺は毎日が憂鬱なだけで、パニック障害になってよかったことは一つもない。病気をかさに自分のことを思ってくれる人が誰なのかをふるいにかける傲慢さはないし、自分自身を見つめ直したって症状は軽減されない。

「ＰＭＳはいいところあるんですか？」

「そうだなあ。ＰＭＳになって、ヨガとかピラティスとかいろいろやったから、体は柔らかくなったかな」

藤沢さんが「昔は体硬かったのに、今、足一八〇度開くよ」と自慢げに言うのに、俺も「そういえば、パニックになって外に出なくなったから無駄遣いはしなくなったな。給料は減ったのに貯金は増えました」と答えた。

どこかずれているような気もするけど、困難が襲ってきて得るものって、実は現実的なものかもしれない。それにしても柔軟性と貯金って。俺たちはなんとなく顔を見合わせて、思わず笑った。

「じゃあ、また」

駅が近づき、藤沢さんに頭を下げると、俺はそのまま道を曲がった。今日は心療内科の受診日だ。

月に一度、心療内科に行く。診療時間は五分程度。もはやただのルーティンになっている。

「こんにちは」

軽く頭を下げ診察券を出すと、受付のスタッフは「山添さんですね。どうぞお入り下さい」と静かに微笑む。予約制だから、待ち時間はなく、そのまま診察室にとおされる。

「どうですか?　調子は」

「あまり変わらないです」

「仕事は?　順調ですか」

「ええ、まあ」

「しんどくなることは減りました?」

「同じです」

引っ越しと同時に転院し、この心療内科に通い始めて二年弱。四十代後半の男性医師は、毎回機械的に同じ質問をするだけで、解決策を与えてくれることはない。最初は、何が治る糸口になるかわからない、少しの変化でも見つけてもらおうと、事細かに自分の様子を語っていたが、一年が過ぎ、ここはそういう場ではないことがわかった。自分の状況を話したところで、パニック障害は治らない。薬をもらう手続きのために、言葉を交わすだけ。次の患者もいるだろうし早く済ませたほうがいい。最近は、俺も端的に答えている。

「どうかな。少しでも、薬、減らせそうですか?」

最後に毎回医者はさりげなくそう聞く。依存するかもしれないし、減らせそうならと。俺が「まだ無理な気がします」そう言うと、医者は「そっか。そうだね」とすぐに提案を引っ込める。あと十年か二十年。薬でやりくりしながら暮らす日々は続くのだ。

「薬、どれくらい余ってますか?」

医者はカルテを見たままで聞いた。

「ソラナックスがあと八錠です」

「ということは、来月まで……」

薬の残りを確かめられ、次の予約を決めたら診察終了。薬さえもらえればそれでいいのだけど、これでは病院に通う意味がわからない。俺はいつ発作と切り離されるのだろう。病院ではないとしたら、治す手立てはどこにあるのだろう。

「じゃあ、また」

「ありがとうございました」

診察室を出ると、次の患者が待合室に入ってくるのが見えた。会釈をすることもなく、お互いそっと目を伏せる。似たようなものを抱え、同じ医者に診てもらっているのに、患者同士言葉を交わすことはない。心療内科の待合室に会話はない。

俺は会計を済ませると、足早に病院を後にした。

11

「言いたいことがあれば言いなさい」

「はい、いいえをしっかり伝えられるようにならないと」

おとなしかった私は、小学生のころからよくそう言われた。

中学校には、スクールカウンセラーがいて、その先生にも、

「無理をしてるからしんどくなるんだよ。日ごろから少しずつ意見を発信できるようになろうね」

と諭された。

我慢をしているわけではないことを話すと、先生は、

「小さいことでもいいから心の中にあることを言葉にするようにしていこう」

とアドバイスしてくれた。

高校で訪れた婦人科の医者も同じようなことを言った。我慢は禁物だ。周りの目なんて気にせずやっていけばいいんだよと。

いろんな人がそんな感じのことを言ってくれてはいたが、簡単には私の中身は変わってくれなかった。誰も私のことなど見ていない。いちいち人目を気にするのは自意識過剰だ。そうわかっていたって、人にどう思われるのかが気になってぎくしゃくしてしまう。大人になるにつれて、円滑に進めるための言葉は出てくるようになり、明るくふるまえるようにもなった。でも、何も考えず自由にいられるわけではない。それに、そもそも私の中には人に伝えたい思いも意見もないのかもしれない。

「美紗、もう二十八歳でしょう」

前のバイト先で仲良くなった真奈美とは、月に一度ほど夕飯を食べたり、でかけたりしている。先月結婚をした真奈美は、旦那の友達を私に紹介するとはりきっていたけど、気乗りしなかった。

「いいよ、まだ」

「まだって、美紗は結婚したくないの？」

一生独身でいたいわけでも今の仕事に夢中なわけでもない。でも、結婚はまだだ。なぜかそう思う。

「まだ、私何もしてないし」

「まだって、結婚してからだって何でもできるよ。私も自由にやってるし」

真奈美はデザートにケーキを注文してからそう言った。

果たしてそうだろうか。自分一人の身軽さだからこそ、できることはある。結婚しても生活は変わらないと言う人もいるけど、それは自分をしっかり持っているからだ。私はきっとそうはいかない。

「美紗のやりたいことって何なの？」

「これといってわからないんだけど、今の会社でも、何もできてないし」

社会に出たものの、私は何もやり遂げてはいない。ただなんとなくそれなりに、毎日を過ごしているだけだ。そんなだいそれたことができるわけでもないし、野望もない。だけど、このままで結婚していいのかと不安もある。

「きっと、美紗のやりたいことって仕事じゃないんじゃない。結婚して家庭に入ってみたら、充実感持てたりするかもよ」

「どうかな」

「一人だと面倒だけど、誰かのためにごはん作るのは楽しいしさ」

「そうなんだね」

真奈美は確かに幸せそうだ。ゆったりとした温かさが言葉にもにじみ出ている。けれど、私は少しでも自分自身が納得できるようなことを一人でいる間にしておきたい。

「結婚を急がなくても、恋人くらいいてもいいでしょう？」

「でも、気になることもあるし……」

「なんだっけ、生理のこと？」

「そう……。それもあるかな」

ＰＭＳだから、誰とも付き合えないと思っているわけではない。だけど、説明して理解してもらって、それでも驚かれて謝って、少しずつ距離を縮めて……。そういうのを考えると億劫になってしまう。そこまでして、人と一緒にいるのはしんどい。

「そんなの、大丈夫だよ。それに、環境変わったら、けろっと治ったりするかもしれないしさ。先のこと心配したってしかたないじゃん」

「うん、かもね」

いろいろ手を尽くしてきて現在があるのに、環境の変化で治るわけがない。それでも、こうやって心配してくれる友達がいるのはありがたいことだ。

「ちょっと考えてみてよね。このまま美紗、一人で年取っていくのも、さみしいよ」

「それはそうだね」

「そうだよ。結婚っていいものだよ」

それから、真奈美は結婚生活のことを話した。贅沢ではないけど、小さなことがうれしく思える。そう話す真奈美は本当に満たされて見える。バイトしていた時は、お互いどこか宙ぶらりな状況をもどかしく思っていたのに、真奈美は今、しっかりと立っている。

けれど、今の私が誰かと生活を共にして、同じように思えそうにはない。一人でいる今、もっとやるべきことがある気がする。だけど、何をやり遂げたら私は、進もうという気持ちになるのだろうか。目標もなく生きてきたせいか、見当さえつかない。このままではだめだ。それだけはわかっていた。

12

二月に入って曇りが続いていたが、土曜日は久しぶりに日差しが出てきた。晴れは本当にいい。パニック障害を抱えてから、晴れ間のありがたみをしみじみ感じるようになった。太陽の光は、電光とは違ってちゃんと体の奥に届いて外に踏み出す勢いをもたらしてくれる。せっかくの晴れだ。今日は体を動かさないとな。ワンパターンだけど倉庫の片づけでもするか。そう思って、昼前に事務所に向かいドアを開けた俺は思わず、

「うそだろう……」

と声を出していた。中には藤沢さんがいた。

「なにしてるんですか？」

「事務所、きれいにしようと思って」

「はあ……土曜日に？」

いつも雑然と物にあふれた事務所の中は、半分程度片づけられている。

「人がいると大掛かりにできないから、休みのほうがいいかなと」

「そうなんですか。じゃあ……」

せっかくの休日出勤だ。自分のペースで動きたい。俺が足早に倉庫に向かおうとすると、藤沢さんに、

「待って待って。手伝ってほしいんだ」

と呼び止められた。

「手伝って？」

「そう。小物類は片づいたんだけど、ローテーブルとか、カラーボックスとか使ってない家具を、外に出そうと思って」

「まさか藤沢さん、俺が来ること想定してたんですか？」

「もし来たらいいかなって。朝のうちに細々したもの整理して、大物は一緒にできたらと……あの辺り」

藤沢さんは事務所の隅に乱雑に置かれた家具を指さした。古びたカラーボックスに小さな棚。使わないのにずっと置きっぱなしになっているものだ。

「嫌ですよ。ぼくは人と作業するために来たんじゃないですから」

「でも、重いからさ。さっさとやってしまおうよ」

なんて勝手な人だろう。だけど、倉庫の片づけと言っても、掃き掃除をして物を整えるくらいしかやることはない。事務所を整理するほうがよっぽど意味はあるだろう。

「しかたないですね」

そう言いながら、俺は藤沢さんと古くなった棚を外に出し、いくつかの家具を移動して、最後にほこりまみれになった机を拭き掃除した。

「はあ……。助かった。山添君ありがとう」

藤沢さんはタオルで汗をぬぐいながら言った。

「いえ、強引にやらされただけですから」

家具の移動に拭き掃除。一時間近く動いたおかげで、寒い事務所の中なのに俺も汗ばんでいる。

「あ、大丈夫？　ずいぶん動いたけど、発作出そうになってない？」

いまさらか。そう思いながらも、俺は首を横に振った。

「集中してるときは、自分の体のこと忘れられて、案外発作が出ないんです」

「ということは、いつも何かに夢中になればいいってことだよね」

「何にですか？」

そうそう集中すべきことなど目の前にないし、何かを忘れるくらい没頭することもない。

「まあ、ないか。うん、ないね」

藤沢さんはそう笑った。

「それより、藤沢さんどうしたんですか。突然片づけに目覚めて」

「とくに理由はないんだけど、友達と結婚の話したせいか、そろそろ何かをしないとと思って……ずっとこのままなのもどうかと」

「藤沢さん、結婚するんですか?」

「いえ、予定はないけど」

「そうでしょうね」

俺が言うのに、藤沢さんは眉をひそめた。

「どういう意味?」

「恋人はいなさそうだなと」

「どうしてよ」

「彼氏がいたら、男の人の家に髪の毛切りに行ったり、お守り突っ込んだりしないですよね」

「男の人って山添君でしょう……あ、そうだ。パン、買ってきたんだ。あと、飲み物。好きなもの選んで」

藤沢さんはそう言いながら、袋の中の物をテーブルに並べた。

サンドイッチに塩パンにアンパンにメロンパンにくるみパン。ノンカフェインの紅茶にジャスミン茶。炭酸飲料にリンゴジュースとオレンジジュース。どれだけたくさん食べると思っているんだ。いや、そうじゃないか。この人は、好きでもない相手にも、無意識にこれだけのものを備えてしまえるのだ。

「じゃあ、いただきます」

俺はサンドイッチと紅茶を選んで、椅子に腰かけた。

「山添君は一生一人でいるつもりなの？」

藤沢さんはくるみパンを口にしながら言った。

「そうですね」

一生と言われるとわからないけど、誰かといると発作が起こる可能性が高くなる。孤独と死にそうになる発作。まだ、孤独のほうが耐えられる。

「ずっとこのままで？」

「何か問題ありますか？」

「いえ、ないけど」

「俺には一人が向いてるんですよ」

「ひそかに願ってくれる人はけっこういるのにね」

藤沢さんはそう言った。

ひそかに願ってくれる人。俺の先行きがいいものであるようにと、名乗らずにお守りを託してくれた人はいる。でも、その人たちに俺は何も返すことはできない。そう思うと気が沈みそうになって、

「それ、藤沢さんのことですか？　お守りくれたの恩に着せてます？」

と俺は軽口をたたいた。

「ああ、そっか。私はそこまで願ってなかったから、自分のこと忘れてた」

藤沢さんと話してると、気が抜ける。よく動いたせいでお腹がすいていた。俺はキュウリサンドの次に卵サンドも手に取った。

13

日曜日、一人で映画に行った。何か見たくなって調べてみたら、「ボヘミアン・ラプソディ」が見つかった。そういえば、だいぶ前だけど、社長が久しぶりに映画館で見てよかったと言っていたし、住川さんも子どもと見に行って涙が二時間止まらなかったと言っていたっけ。ついこの間よく宣伝していたと思ったら、最初に上映されたのは一年も前のことらしかった。

クイーンの曲は有名なものしか知らないし、フレディ・マーキュリーがインドで子ども時代を過ごしたこともこの映画で初めて知った。そんな知識のない私でも、「ボヘミアン・ラプソディ」に夢中になった。見終わった後でも頭の中には歌声が響き、爽快な興奮で体が満たされていた。ああ、よかった。映画館を出ても少しも感動は冷めなかった。

映画は一人で見ることが多い。感想を交流することは得意じゃないし、好きな時間に好きな作品を見てさっと帰れるのがいい。でも、この作品は違う。自分の中だけでは感動を消化できそうになかった。社長や住川さんが声を大にして言っていたのもわかる。これは、誰かに伝えたくなる映画だ。すごくよかった。それだけのことを、今すぐ誰かに言いたかった。

心にあることは何でも話したほうがいい。不満や不平をためて我慢するとストレスの元だ。医者はそう言っていた。

主張や意見は口にしないと。自分の気持ちを伝えるのは大事なことだよ。先生たちもよく言った。

私も自分の考えを表せるようにしないとずっと思ってきた。そして、それができない自分に落ち込んだ。だけど、そうか。伝えたいのはそういうことばかりではない。

心にたまっていくのは不満だけじゃないし、発したいのは主張だけじゃない。感動や興奮だって伝えられないままでいると、自分の中に残っていく。「映画、すごくよかった」ただそれだけのことだけど、誰にも言わないままにはしておけなかった。

でも、まだ見てない人に言うのは悪いか。それに、伝えたくてしかたないくせに、自分の感想を披露するのは少し恥ずかしい。じゃあ、誰に言えばいいのだろう……。友達や家族、いや違う。映画を見る予定がなくて、ついでに何を言っても何をしても平気な相手がいるではないか。私はそれを思い出すと、駅まで走った。

電車の中で、思いつくままクイーンの曲を携帯にダウンロードする。「ボヘミアン・ラプソディ」に「ウィ・ウィル・ロック・ユー」に「ドント・ストップ・ミー・ナウ」。クイーンなんて今までさほど聞いたことがなかったくせに、曲名を打ち込むだけで心が浮足立った。

駅に着くと、足がもつれそうになりながら、アパートまで急いだ。チャイムを鳴らすと、山添君は家にいた。いつ行っても、そこにいる。外出が億劫なのは気の毒だけど、こういうとき、パニック障害ってありがたい。

「なんなんですか、今日は。もう十時前ですよ」

山添君はうっとうしそうな顔を見せた。

「すぐ終わるから上がっていい?」

「はあ」

戸惑っている山添君を置いて私は部屋の中まで入ると、携帯を机の上に置いた。

「何が始まるんですか?」

「今、映画見てきたの。ボヘミアン・ラプソディ」

「なんかちょっと前に聞いたことあります」

「山添君、見てないよね? 電車に乗れないし、映画館にも入れないだろうし、今後見る予定ないよね」

「まあ、そうですけど」

「結末まで話していい人がいるってすごい」

「何の結末を話すんですか？」

「だからボヘミアン・ラプソディだよ。空港で働いていたクイーンはライブハウスに出かけるの。そこで出会ったバンドが」

「さっそくストーリーに入るんですね。それに、クイーンはバンド名で空港で働いてたのはフレディですよね」

「うんうん。そのフレディがバンドと出会って、ボーカルになるの。それがめちゃくちゃ歌がうまくて大胆で才能に満ちてて、あ、ここで」

私は携帯を操作してボヘミアン・ラプソディを流した。

「まさか、藤沢さん、歌うんですか？」

「そう。ママー　ラーラララー。ああ、クイーンが歌うともっと最高なんだけど」

普段私は歌うことは苦手だ。でも、映画を見た高揚感で、歌いたくてしかたない。

「藤沢さん、音痴だったんですね」

「そう？　で、そのあと、クイーンは……」

私が音楽を流しながらボヘミアン・ラプソディの説明をするのを、山添君は「だから、それ、クイーンじゃなくてフレディですよ」とか「ツアーに行ったのはアメリカです」などと訂正しながら聞いていた。

「そして、最後のライヴ・エイド。これがああ、だめだ。感動しすぎて私の語彙《ごい》では説明できない。聴くしかない」

私が携帯で「ドント・ストップ・ミー・ナウ」を流し始めると、山添君は「それ、ライヴ・エイドで歌ってないと思うんですけど」と言った。

「でも、この曲、私一番好きなんだよね。ハバアグッターイ、ハバアグッターイー」

私がでたらめな英語で歌うのに、山添君は笑いだした。人前で歌うなんて音楽の授業以来だ。だけど、この曲は勝手に心を弾ませる。私はあまり歌詞も知らない曲を、適当に歌った。

「ちょっとひどすぎます。めちゃくちゃですよ」

そう言いながら、山添君は口ずさみはじめた。覇気がなくうすぼんやりしている山添君が忙しい英語をすんなりと歌うのに、私は驚いた。

「すごい、すごいよ。山添君、フレディだ」

ドント・ストップ・ミー・ナウを歌い終えて感嘆する私の横で、山添君はげらげらと苦しそうなくらいに笑った。

「あー、藤沢さん、なんですかこれ」

「なんですかって?」

「こんなふうに、時々歌いながら映画の説明する人初めて見ました」

「音楽満載の映画だからだよ」

「そのくせ、英語も音程もめちゃくちゃだし。よくあんなレベルの歌を人前で歌えますね」

山添君は「あーおなか痛い」とまだ笑っている。

「それより、山添君があんなにドンストップミーナウ歌えるなんて驚きだよ。歌詞知ってたんだね」

「学生の時バンド組んでたことがあって、クイーンの曲もいくつかやったことあるんですよね」

「そうなんだ。かっこいいもんね。クイーン」

「藤沢さん、ファンなんですか？」

「うん。今日ファンになったところ」

「でしょうね」

「そんなことより、山添君かなり上手だったよ。もう一度歌ってよ」

「嫌ですよ。突然やってきてこけしにさせられた次は、フレディ・マーキュリーにさせられるなんて」

山添君はそう言って、また笑った。

この人はきっとよく笑う人だ。パニック障害になる前の山添君がどうだったかは知らないけど、今の山添君は変な髪型にさせられようが、フレディ・マーキュリーになることを強要されようが、笑ってしまえる人だ。

「そうだ、ドンストップミーナウもいいですけど、ライヴ・エイドだったらハマートゥフォールとか歌ってたんじゃないですか？」

山添君は自分の携帯をいじって音楽を流した。

「ああ、なんか流れてた気がする」

「メロディは明るいけど、この歌、詞は社会的なんです。これはフレディじゃなくてブライアン・メイ、ギタリストの作曲で……。あ、話していいですか？」

自分は映画の感想を述べておいて、山添君の話は聞かないというわけにはいかない。私は「もちろん」とうなずいた。

「クイーンのこと知りたくなったし、どんどん話して」

「時間は、いいですか？」

「時間？」

クイーンのことを語るのに適した時間があるのだろうかと時計を確かめると、十一時を回っている。

「夜遅いけど、藤沢さん、この部屋にいていいですか？」

「まさか山添君、私のこと口説こうとしてるの？　私はただ純粋にボヘミアン・ラプソディの感動を伝えに来ただけなのに」

「ぼくは大丈夫です。クイーンのこと話したくなっただけで。だけど、こんな時間に男の家にいるの抵抗ないのかなって」

これだけ力のない男性に何か感じることはない。私はきっぱりと否定した。

「とくにないよ」

「ならいいです。ぼくはパキシル飲んでるし、そもそも藤沢さんにはまるで興味がないので安心してください」

「パキシル？」

「パニック障害で投薬されてる抗うつ剤です。副作用で性欲が減退するみたいです。そのせいか、そもそもパニックのせいか全然。まあ、藤沢さんには心身ともに健全でもちょっとあれですけど」

「ちょっとあれってどういうこと？　まあいいや。とにかく、何も気にしなくていいってことで、ブライアン・メイがどうしたの？」

そのあと、山添君がクイーンについてあれこれ話をして、いくつかクイーンの曲を一緒に聴いた。映画で出てこなかった曲もあったけれど、フレディの歌声はどれも心に響いた。

「あ、藤沢さん、そろそろ行かないと。そこの駅、確か終電十二時くらいだったような」

山添君が「十二時三分が最後です」と携帯で調べながら言った。

「そうなんだ。じゃあ」

ここの最寄り駅から私の家までは三駅ある。遠くはないけど、歩いては帰れない。私は玄関まで急いだ。

「じゃあ明日。乗り遅れないでくださいね」

「うん。わかった」

山添君にせかされながら、私は慌てて玄関を出た。

外に出ると、一段と冷え込んだ風が立ち込めていた。冷たくても澄み切った風は、冬の向こうに春があることをわからせてくれる。時計は十一時四十分を過ぎたところ。焦らなくても駅まで十分程度だ。気持ちのいい夜だなと歩いていると、山添君が「ちょっと待ってください」

と後ろについてきた。

「どうしたの?」

忘れ物でもしていたのだろうかと足を止めると、

「駅まで送ります」

と山添君が隣に並んだ。

「パニックなのに?」

「ぼくもそう思って家にいようと思ってたんですけど、夜遅いし、万が一何かあったらよくないなと」

「私一人で帰れるよ。それよりも山添君が倒れるほうが厄介だよ」

私はそう言った。

「でも、藤沢さんが駅まで行けるかどうか考えていると、息が詰まりそうで。じっとしてるほうが発作は起きやすいから」

「はあ……」

「行きましょう。あ、そんなにさっさ歩かないでもらえますか？　早足で歩くと心臓の動きが速くなって、発作が起こりそうになりますから」

「夜道なのにゆっくり歩くんだ」

「まあ」

「それなら、一人で急いだほうが危険にさらされる時間が圧倒的に少ないと思うけど」

駅までの道にはコンビニもあるし、街灯も多い。それほど怖さは感じない。

「二人だとそもそも危なくないから、ゆっくりでいいんですよ」

「そうなのかな……」

今の山添君なら私のほうが強い。痴漢やひったくりが出てきても、早足だけで動悸を起こす人が立ち向かえるわけがない。

だけど、ゆっくり歩く夜道。この寒さはちょうどいい。そう思った。

14

藤沢さんを送った後、クイーンの曲を何度か聴いた。

動悸や息切れとはまた違う胸が高鳴る感覚。この感じ、すごく懐かしい。

藤沢さんの説明ではさっぱりわからなかったから、「ボヘミアン・ラプソディ」について調べてみた。一年以上前の映画のようだけど、上映している場所が一ヶ所見つかった。パソコン画面で映画の予告編を見るだけで胸が熱くなる。大画面で見たら、ぜったい感動するだろう。どうしたってこれは、本編を見てみたい。でも、同時に映画館の様子を思い浮かべ、身がすくんだ。

暗い中、席が決められ、途中では退席しにくい空気。二時間以上その中にいるのだ。入る前にソラナックスを飲めば行けるだろうか。映画館は動いているわけじゃないから、いざとなれば外に出られる。それにすぐに映画に夢中になって、時間なんて忘れられるだろう。まさかな。そんなうまくいくわけがない。映画館に行くにはまずは電車に乗らないといけない。そこからだ。パニックを甘く見ちゃだめだ。起こってほしくない時ほど、顔をのぞかせるのだから。

　映画館に行って発作が起きたら、俺はますますこもってしまう。今より行動範囲が狭くなって恐怖心が強くなる。映画の爽快感と発作が起こる不安。天秤にかけなくても答えは明確だ。今の俺に、発作の恐怖に勝るものはない。自分の意気地のなさに、がっかりする。

　藤沢さんのせいで眠っていた感情が呼び起こされてしまった。この二年、映画に行きたいだなんて思ったことなかったのに。やりたいことがないことに嘆いていたけど、やりたいことがあるのにできないのはもっと苦しい。本当にあの人は余計なことばかりする。

　でも、久々に音楽を聴いてわくわくしたこと。歌なんか口ずさんで心が躍りそうになったこと。フレディ・マーキュリーについて語りながら意気揚々としたこと。どれも発作を忘れるくらい楽しかった。

　それに、一人で夜道を歩く藤沢さんを心配する自分に、まだちゃんと人を思う感情があるんだとほっとした。今の俺は、自分以外のことは見えなくなっている。そう思っていた。パニック障害だし、他人と深くかかわることはないんだから、それでいい。そう片づけていた。だけど、夜中に駅まで行く藤沢さんに何かあったらどうしようと不安がよぎる自分に、どこか安心した。

　そんなことより、なんだかんだいって、あの人のドンストップミーナウひどかったよな。俺は藤沢さんが歌っている姿を思い出して、笑いがこみ上げた。

「おいしいもの……。山添君、レストランには行けないよね。これ、どうしよう」

突然映画の話をしに来た翌日、会社帰りに藤沢さんは封筒を手にうーんとうなった。

土曜日に俺たちが事務所を片づけたと知った社長が、素晴らしいと感動し、「二人で何かおいしいものを食べなさい」と封筒を渡してくれたのだ。

「ぼくは手伝っただけですから、全部藤沢さんが使えばいいですよ。一人で好きなもの食べて帰ってください」

「それはできないよ。独り占めしたことが知れたら、ずるい人間だと思われる」

「ぼくは誰にも言いませんし、大丈夫です」

「そんなわけには……あ、そっか。山分けすればいいんだよね」

藤沢さんは封筒を開けて、「うわあ、五千円だ」と声を上げた。

「意外に入ってましたね」

「会社の経済状況からして二千円と見てたんだけど……。これ分けられないよね。そうだ、買うもの思いついた！　いい考えが浮かんじゃった。山添君、先、帰って適当に部屋片づけといて。私、駅前で買い物していくから」

「山分けじゃないんですか？」

「千円札二枚だったら半分にしようと思ったけど、これ、破ったら価値変わるよね」

どうして破るんだ。両替して分けるという発想はないのだろうか。

「十五分くらいで行くね」

「藤沢さん、ガンガン男の家にきますね」

「男の家じゃないよ。山添君の家だよ」

「はあ……」

「動悸を起こさない程度に急いで帰っておいて」

俺が返事をする前に、もう藤沢さんは足早に駅に向かっている。断るという選択肢はないようだ。

家に帰って、掃除機だけはかけておいた。物がないから片づけるところはそうない。藤沢さんは食べ物を買ってくるだろうから、お湯ぐらい沸かしておくか。ポットをセットし、テーブルを拭く。こんなものかなと部屋を見回していると、お湯が沸くより早く藤沢さんのノックが聞こえた。

「お邪魔します。私、準備するから、山添君、トイレ済ませておいて」

藤沢さんは紙袋を抱えて入ってくると、そう言った。

「なんなんですか？」

「八十分かかるんだけど。あ、ＣＤプレイヤー借りられるかな？」

「プレイヤーは持ってないんで、パソコン使ってください」

「じゃあ借りるね。よし、始めるよ。トイレ行って、必要ならソラナックスも飲んで」

「発作は大丈夫です」

ここは自分の家だし、藤沢さん相手に緊張することはない。それより、八十分って、何が始まるのだろう。

藤沢さんにせかされ無理やりトイレに行き、戻るとテーブルの上にはポップコーンとコーラが置かれていた。

「おやつですか？」

「まあ、そんなとこ。さあ、座って」

「なんですか？」

「それでは、はじまりはじまりー」

藤沢さんがパソコンをクリックすると、映画館でよく鳴るファンファーレが聞こえ、その後、クイーンの「愛にすべてを」が流れてきた。

「えっと、どうしたんですか？　これ？」

「サントラ買ったんだ。ボヘミアン・ラプソディの。社長にもらったお金はＣＤとコーラと食べ物になったってこと」

「なるほど……」

「家に居ながらにして、映画を見た気分が味わえるかと」

藤沢さんは「どう?」と自慢げに俺の顔を見た。なんだそれはと文句を言う前に、フレディの声が体の奥に入ってきて、俺は「いいですね」とうなずいた。

「愛にすべてを」のメロディはぞくぞくと高まっていく。こんなにも悲しく力強い曲、他にあるだろうか。映画でも使われてたんだ。そうだよな。この曲を聴けば、フレディ・マーキュリーが、クイーンがどれくらいすごいかが一瞬でわかる。誰か愛する人を探してくれ。フレディが繰り返し叫ぶのに目頭が熱くなりそうになっていると、

「意外に長い曲だったんだ」と横で藤沢さんがつぶやいた。

長い? この情熱的な曲を聴いてそんなこと思う? 俺が顔を向けると、藤沢さんは、

「やっぱり音楽だけだと映画のようにはいかないね。じっと聴くだけって疲れるよね」

と言い出した。

「そう? かな」

「何を見ていいのか、何をしていていいのか……」

サントラで映画気分を味わうというのは、藤沢さんの強引なアイデアだ。それに俺が入り込もうとしているのに、提案者が何を言っているのだ。

「それなら藤沢さん、どうしてDVDを買わなかったんですか?」

「本当だ。サントラ見つけて、よしと思ってそのまま買ってしまった……失敗した」

「いや、サントラだっていいと思いますよ。それに、藤沢さんは映画見たんですよね?

その場面を思い出しながら聴けばいいんですよ」

「そっか……」

藤沢さんはそう言ってしばらくは静かにしていたけど、三曲目の「炎のロックンロール」が流れ出すころには、「こういう忙しい曲苦手なんだよね」と立ち上がり、

「山添君は聴いてて。私、片づけでもするよ。台所整理しようか?」

と言い出した。

「絶対やめてください」

せっかくクイーンを聴いているのに、横でごそごそされたんじゃたまらないし、勝手に整理されても困る。この間会社の掃除をして気づいたけれど、藤沢さんは慎重なくせに、物を捨てることには躊躇がない人だ。

「藤沢さん、どうでもいいから、おとなしくしていてください」

「スクリーンがないと、どこ見ていいか迷うんだよなあ」

確かにクイーンのファンでないのなら、じっと座って音楽だけ聴くのは、少々退屈なのかもしれない。

「わかりました。じゃあ、話をしながら聴きましょう」

俺がそう提案すると、藤沢さんは、

「あ、気にしないで。私、帰るよ。山添君はじっくり聴いててよ」

と言った。

それは願ってもないありがたい申し出だけど、藤沢さんが片づけてもらった謝礼で購入したCDを一人で聴くのはさすがに気がひける。

「藤沢さんも聴きましょう。残りあと六十分くらいですし。しゃべりながらだとあっという間に終わりますよ」

「何、その我慢して聴くみたいな言い方。クイーンに失礼だよ」

「ぼくは聴けますけど、藤沢さんが退屈してるから言ってるんです」

「そうなんだ」

「とりあえず、落ち着いて座って、ポップコーンでも食べてください」

俺は荷物を片づけかけている藤沢さんにそう言った。

「わかった」

藤沢さんはよいしょと座りなおして、ポップコーンをほおばった。曲は五曲目。えっと、何か話をしないとな。といっても、話すことがない。俺が、

「最近仕事はどうですか?」

と無理やり言葉を振り絞ると、
藤沢さんは「何その妙な質問」と吹き出して、ポップコーンを喉に詰まらせてせき込んだ。

「なにって、そこから話を広げようかと……」

「私たち同じ職場だよね。それ、久しぶりに再会した親戚にするような質問じゃない？」

藤沢さんはまだ笑っている。

長い間、社長や平西さんの質問に答えるだけで積極的に会話らしいものをしていないせいか、話し下手になってしまっているようだ。同じ職場の人にする質問ではなかったか。

俺は首をすくめた。

「まあいいや。仕事、そうだな、うーん、順調のようで、その分何も上昇してないかな。でも、平穏にはやってる」

藤沢さんは笑いながらも答えてくれた。

「まあ、そうですね」

栗田金属の平穏さは俺もよく知っている。

「山添君は？」

「ぼくですか？」

「仕事、なにか他にやりたくなったりしないの？」

「どうだろう……」

今の仕事に物足りなさはある。それに、このままでいいのかという疑問は常につきまとっている。ただ、パニック障害を患っている自分には、最適の職場だ。

「どこかでこれでいいのかなあと思いつつ、居心地いいもんね。栗田金属」

藤沢さんは俺の心を察したのかそう言った。

藤沢さんは栗田金属に来る前、大きな会社で働いていたと社長が言っていた。大企業がいいというわけではないけど、栗田金属の仕事とは違ってメリハリのある職場であったことは想像できる。俺も藤沢さんも、何かを患っていなければ、きっと今の会社では働いていない。

一緒ですね、と言いかけて、やめにした。藤沢さんは俺と同じではない。この会社に来た事情は似ているのかもしれないけど、仕事の仕方は全然違う。

みんなが見るホワイトボードには、寄せられたクレームを解決しやすい順に柔らかい言葉でまとめてプリントアウトしたものが貼られている。藤沢さんが作成したものだ。その かいあって、俺が勤め始めたころから少しずつクレームは減っている。倉庫に貼られた細やかなラベルに、段ボールで作られた分別用のごみ箱。事務所内の使い勝手がよくなっているものは、どれも藤沢さんが作ったものだ。

「藤沢さんはちゃんと仕事してますよ」

「え？」

俺が言うのに藤沢さんはこちらに顔を向けた。

「藤沢さんは、ちゃんと栗田金属でやってると思います」

「そんなこと山添君に言われるなんて、すごく意外」

藤沢さんはそう驚いて、「全然なにもできてないよ。もっと会社のためにできることもしないといけないこともあるはずなのに」とつぶやいた。

俺の中には、そんな発想はなかった。俺のできることもやるべきことも、この会社とは違う場所にあるはずだ。ずっとそう思っていた。

藤沢さんは「あ、この曲いいよね」と音量を少し上げた。ＣＤからはボヘミアン・ラプソディが流れている。

俺は俺を殺してしまっているのだろうか。やりたいこともやるべきこともない暮らしは死んでいるのと同じだろうか。これでいいわけはないとどこかで感じながら、今の状況に甘んじているのは、自分を失くしているも同然なのだろうか。フレディの声と自分が重なってしまいそうで、俺は頭を振った。好きでこうしているわけじゃない。今の俺はこの暮らししかできないのだ。

「よし、ここでカレーだ」

ボヘミアン・ラプソディが終わると、藤沢さんはそう言った。

「どうしてですか？」

「なんかカレーっぽかったんだよね。この映画」

「カレーを食べる場面、出てくるんですか？」

どうせフレディがインドにいたとかそのくらいの理由だろうと思いながら俺は聞いた。

「よく覚えてないけど。この後しばらく知ってそうな曲もないし、夕飯にしよう。もう六時過ぎだし、山添君もおなかすいたでしょう？」

藤沢さんは、「レンジ借りてもいいかな？」と台所へ向かいコンビニで買ったらしいカレーを二つ用意してくれた。

「映画館だと、カレーなんて食べられないよね。それが、家で見ると、好きな時に好きなものを食べられるし、この映画鑑賞法、今後、普及するかも」

藤沢さんはさっそくカレーをほおばった。

音楽を聴いているだけで映画を見ているわけではないけど、と思いながらも俺もカレーを口にした。コンビニのものとはいえ、久しぶりのカレーはおいしい。

「最近の映画は長くて疲れるけど、サントラなら半分くらいの時間で見られるし、しゃべって食べて動き回れて、いいことずくめだな」

藤沢さんは一人でうなずいた。

「そうですね」

たとえ映画館に行けなくても、映画を見るよりも楽しい時間を過ごすことは不可能ではない。ほんの少し手をかければ、代替ではなく、特別な時間を作ることができる。そんなことを考えていると、俺にできそうなことを思いついた。今の自分にできることなど何もないと思っていたけど、可能なことが一つある。

「ぼく、わかりました」

「なに？」

「男女の友情が成り立つかどうかって、どうでもいいことなのにやたら語る人いるじゃないですか」

「突然何の話？」

カレーを食べ終えた俺が切り出すのを、藤沢さんはけげんな顔をした。

「そんなの相手にも場合にもよるし、そもそもどうでもいいことだから、答えなんかないですよね。でも、明らかなことがわかりました」

「はあ」

「男女間であろうとも、苦手な相手であろうとも、助けられることはあると」

「そりゃそうでしょう。医者と患者なんて異性だらけじゃない」

藤沢さんは全然ぴんと来ないようで、けげんな顔のままだ。

「ぼくは藤沢さんのこと好きじゃないし、友情も恋も感じないです。でも、藤沢さんに何度か笑わされたし、発作を忘れる時間を与えてもらいました。今日も、映画を見るのと同じくらいに楽しい時間を味わえたし」

「映画は、五千円もらったからだよ。社長のおかげだよ」

藤沢さんがすごく藤沢さんらしいことを言うのに、俺は「そうですね」と同意してから話をつづけた。

「俺、三回に一度くらいなら藤沢さんを助けられる自信があります」

「助ける？　何から？」

「藤沢さんのいらだち、俺、なんとなくタイミングがわかります」

「山添君、おかしなことに自信過剰なんだね」

「次のＰＭＳのいらだち。起こる前に、止めますね」

「そんなことできるの？」

藤沢さんは目を大きく開いた。

「藤沢さんを観察してれば、なんとなくわかりますから」

「ちょっと待って。それって、私が生理になりそうなのをじっと見てるってことだよね？気持ち悪い」

「そうですか？」

「セクハラだよ、セクハラ」

「それは大丈夫です。ぼく、ＰＭＳに興味があるだけで、藤沢さんには興味がないですから」

「本当に？　なんでもパキシルで安心させて付け込もうって言うんじゃないよね」

藤沢さんがちゃかすのに、俺は吹き出した。

「いつか、どっちが自意識過剰か勝負しましょう」

「わかった。負ける気がしない。あれ？　これは負けるほうがいいってこと？」

「どうでしょう。何をもって勝ちかってことですけどね」

「ああ、そのかっこつけた言いぐさ、それ、典型的な自意識過剰だよ」

藤沢さんは眉をひそめて笑った。

好きじゃない相手であったとしても、笑ってくれるとうれしくなる。毎回じゃなくていい。たった一度だとしても、パニック発作を減らしてくれるとしたら、どれだけありがたいだろう。藤沢さんも同じはずだ。来月。きっと藤沢さんを止められる。根拠のない小さな自信が、俺の中に湧いていた。


サントラ上映が終わって藤沢さんが帰ると、急にしんとした。家の中はこんなに静かなのか。四畳半の部屋はこれほどがらんとしているのか。携帯もパソコンもあるけれど、誰ともつながっていないから、意味はない。すべてから遠ざかっているような何もない空間。それが俺の家だ。

時計は七時過ぎ。眠くなるまで三時間はある。あまりにも長い。一人なのは気楽なことではあるけど、その事実に怖くもなる。さっきまでにぎやかだった分、途方もない孤独を感じる。ずっと一人でいるのと、誰かがいて一人になるのとは、違う。だけど、これが俺の暮らしなのだ。これから毎週やってくる休日。毎日訪れる長い夜。さきには巨大な時間がまだまだある。それをたった一人でどうやってやり過ごせばいいのだろうか。

「ひそかに願ってくれる人はけっこういるのにね」藤沢さんの言葉を思い出し、お守りを取り出してみる。

伊勢神宮のお守り。まだ俺のことを覚えていてくれたんだ。辻本課長は今の俺を見て、どう思うだろうか。社会に出たばかりの俺にすべてを教えてくれた人だ。こんな俺に、がっかりするだろうか。いや、あの人は自分がかかわってきた人間に、失望することはない。恋人に友達、一緒に仕事に向かっていた仲間や上司。みんな遠くに行ってしまったと思っていた。パニック障害を抱えてしまっているのだ。新たに誰かと打ち解けることなどないと思っていた。でも、本当にそうだろうか。

お守りを手にしながら、藤沢さんが買ってきてくれたコーラの残りを飲み干す。俺はすべてから切り離された場所にいるわけではない。完全な孤独など、この世の中には存在しないはずだ。

15

金曜日の会社帰り、唐突に山添君にお守りの贈り主がわかったと聞かされた。もう探すのはやめたと言っていたのに、気が変わったのだろうか。そのくせ、なんだか疲れがたまっているとさっさと山添君が帰ってしまったから、土曜日の昼から彼の家を訪れた。

「ほら、これ見てください」

山添君はパソコンの画面を開けて私に見せた。コンサルティング会社のホームページだ。

「ここにお守りの贈り主探しを依頼したの？」

「いえ。前ここで働いていて、ここのとこ見てください」

山添君が指したところには昨年の行事が書かれていて、十二月に創業三十周年記念旅行・伊勢とある。

「うわ、伊勢ということは伊勢神宮行ってるよね！　すごいじゃない。つながった！　どうやってわかったの？」

「前の職場のこと思い出してふとホームページ見てたら、伊勢に行ったたって記述が出てて。

この会社の人なら俺の住所を知ることも可能かと」

「そうなんだね」

「すっきりしました」

山添君はそう言って伸びをした。

「すっきりしたって、終わり？」

「ええ。前の会社の上司が送ってくれたんだと思います。いつも自分の名前とか日付とか書くのを忘れちゃう人いたんで。その人かと」

「その上司にお守りのお礼言うとか、せめて、その人であってるか確認しないの？」

「どうでしょう……」

「少なくとも、ちゃんと受け取ったって伝えたほうが……。贈り主が、山添君の思っている人じゃなかったら？」

「間違いないです。たった半年だったけど、一緒に仕事して、本当にいい時間を共に過ごせた人がいるんで」

「そうなんだ……なんか、いいね」

私は前の会社にお守りを贈ってくれる人など、一人も思いつかない。

「いいのかな」

「山添君、それだけちゃんと仕事してたってことだもん」

「そりゃ新入社員だったし……。まあ、昔のことです」

「昔？　たった二年前でしょう」

「二年って、大きいですよ」

山添君はお守りを手にそう言った。

「昔の会社のこと思い出す？」

「たまにですけどね。藤沢さんは？」

「私は全然。山添君みたいに、いい思い出もないし」

私は仕事を覚える前に逃げるように退職した。前の会社には、恥ずかしくなるような出来事しかない。

「思い出してもしかたないですね。今はぼくも藤沢さんも栗田金属の社員だし。藤沢さんが言っていたように、前の上司にしても栗田社長にしても、俺の今の状況が少しでも良くなるように祈ってくれただけで、大げさにはしたくないんじゃないかと思います」

「あれ？　日吉神社のお守り、社長からだって知ってたの？」

「藤沢さんが気づくことくらいはだいたいみんなわかりますよ」

「そうなんだ」

私だけがわかっているのかと思ったら、とんだ勘違いのようだ。私は自分で想像しているより、鈍いのかもしれない。

「それより、来週か再来週ですね」

山添君はお守りを片づけると、温かいお茶を淹れなおしてくれた。

「何が?」

「何がって、藤沢さん、お守りのことより自分のこと考えたらどうですか? PMSですよ。PMS」

「そっか。もうそんな時期か」

私はお土産にと買ってきた和菓子を机の上に出した。

「藤沢さん、自分のことに関してはのんきですよね。俺、いろいろ考えたんですけど」

「ちょっと、人の生理のこと、勝手に考えないでよ」

「もう考えたんで。藤沢さんが怒り出すの、昼休憩とか、終業後とかが多くないですか?」

山添君は私が不気味がるのをほうって、分析を述べた。

「そう……かな?」

「たぶんそうです。ぼくがこの会社に来る前のことはわからなくて、住川さんにもそれとなく聞いてみたら、そういえばそうだったっておっしゃってましたから」

「は?」

山添君はふだん積極的に人と話すことなどないのに、私のPMSについて住川さんに聞いただなんてどういうことだ。住川さん、不思議がっているにちがいない。

「あ、大丈夫ですよ。さりげなく話しただけですから。住川さんも、藤沢さんがイライラするの、帰る間際が多い気がするとおっしゃってました。住川さん、藤沢さんのことよくわかってますよね」

「住川さん、絶対変に思ってるよ。私の知らないところでやめてよね」

「知っているところでやったら嫌でしょう?」

「そりゃそうだけど」

「というか、藤沢さん、自分でいらだちが起こる傾向とかつかもうとしたことないんですか? メモ程度の日記くらい書いてもよさそうなのに」

山添君は偉そうに言った。

確かに大学の時は、PMSの症状を毎月記録していた。その日に食べたものや、どういう気分だったかなどまで詳細に。でも、もう何年も患っているのだ。どこかでしかたないとあきらめていて、省いてしまってることも多い。

「ぼくが通ってる心療内科の先生も、頭痛持ちの人とか、夕方や休みの日に発症することが多いって話してましたよ。気分が解放されるときに調子が悪くなるってよくあることみたいです。というわけで、来週は昼休憩と仕事の後、その辺を注意していきましょう。では、いただきます」

山添君は話をまとめると、和菓子を手に取った。

自分のお守りについてはなかなか動かないくせに、人のPMSについてはすぐに手立てを考えるだなんて。住川さん、私と山添君のことを勘違いしていないといいけど。そんなことを考えてると、

「おいしいですね」

と山添君がつぶやいた。

「考えたら、ぼく、和菓子食べるの二年ぶりかもです」

山添君は桜餅を葉がついたままかじった。

「お餅、喉に詰めたら発作が起きそうだから?」

「それはないですけど、パニック障害になって食べることが億劫になったせいで、好きだったものまで忘れてました。蓬餅《よもぎもち》とか桜餅とか柏餅とか、香りがする和菓子好きだったんですよね」

和菓子は体のために必要不可欠なものでもないし、食べる機会もさほどない。発作の不安がある中で、あえて買いに行くこともないだろう。

「山添君、何を食べてもおいしくないって言ってたけど、たんにおいしい物食べてなかったんだね」

「そうかもしれないですね」

蓬餅に、鶯餅《うぐいすもち》。春はおいしい和菓子の季節でもある。次は何を買おうかと考えて、やめにした。勝手に住川さんにＰＭＳのことを聞く山添君に、お土産を買うなんてとんでもない。普段はぼんやりしているのに、本当におせっかいだよな、と私も桜餅をほおばった。餅を包む葉は、小さいころから知っている春のにおいがする。いつの間にか目の前には三月。何も起こらないような毎日を繰り返していても、いつだって時は進んでいる。

16

三月九日月曜日。俺の見込みでは、今週の水曜日あたり、藤沢さんのＰＭＳが起こるはずだ。週の真ん中というのは気分も体調も崩しやすい。今週は昼休憩と仕事終わりに注意しておこう。兆しが出てきたら、あの空き地に連れて行けばいい。学生のころからこんなふうに分析をして対処法を考えるのは好きだった。

昼休み、藤沢さんはいつもと同じく住川さんとしゃべりながら持ってきたパンを食べていた。まだ余裕はありそうだ。ＰＭＳが来るのは、早くても今日の夜くらいだろうか。今週は藤沢さんに早く退社してもらうことにしよう。会社で爆発するより、帰り道や家で一人イライラするほうがよっぽどいいし、人を巻き込まなければ藤沢さんが後悔することもないだろう。

週の初めでも、仕事は普段と変わらずスムーズに進んだ。終業時間まであと五分。藤沢さんのほうを見てみると、資料を整理していて、帰り支度をしてもいない。藤沢さんだけでなく、みんな終業時間後しばらくはいつも申し訳程度の会話をしたり片づけをしたりする。お互い先に帰るのが悪いと思っているだけで過ごしている、なんの生産性もない無意味な時間だ。ＰＭＳのことを考えたら、終業時間と共に会社を出るくらいのつもりでいないと。

俺は自分の鞄を肩から下げると、

「藤沢さん、あと三分ですよ」

と声をかけた。

「あと三分？　何が？」

藤沢さんはきょとんとしたまま、共同で使う机の文具類を片づけだした。

「仕事の終わる時間ですよ。五時になると同時に会社を出ましょう」

「どうして？　何かあるの？」

おいおい。自分の体のことくらい、ちゃんと気にしておいてくれよな。俺はそう思いながらも、「今週ですよね？」と言った。

「ああ、そっか……でも、そんな急がなくても」

「こういうことは、一分一秒を争うんですよ」

「そうかな」

藤沢さんは自分のことなのに、いぶかしげな顔をしている。

「そうです。それに、明日でもできるような仕事、今する必要ありますか？　遅くまで会社にいるのは仕事をしていることではないですよ。さっさと切り上げて、早く職場を出る。それこそが能率のいい仕事です」

つい声が大きくなっていたようだ。俺が言うのに、社長が、「すごいな、山添君。やっぱり若い人は考えがしっかりしてる」とほめてくれた。

「いや、そういうことでも……」

藤沢さんに向けただけの適当な発言をほめられるなんて気が引ける。だけど、ちょうどいい機会だ。みんなが五時に退社すれば、藤沢さんも気を遣う必要はない。

「あ、でも、社長が五時と同時に事務所を出てくださったら、みんなも帰りやすいと思います」

おこがましいかなと思いつつ俺がそう付け加えると、社長はすぐさま「本当そのとおりだな」とうなずいた。

「じいさんがのろのろしてると、悪影響しかないな。よし、五時には鍵をかけるよ。みんな出て。うちは残業代ないしね」

社長はそう笑って、自分の荷物をまとめだした。

入社して半年もたたない、しかも、仕事ができもしない俺に言われたことを、目の前で即座に実践してみせる。時間などにこだわらずゆっくりみんなでしゃべりながら仕事を終えてきたのが栗田金属のスタイルだろうに、すぐにそれを変えてしまえる。

「ああ、もうじいさんたちは、遅いな。さ、若い人から帰って」とみんなをせかす社長に、俺は目を見張った。穏やかで優しい。そのぶん、のんびりと仕事をしている。そう思っていたが、この人は実行力のある人だ。

平西さんが「ただ働きするのも損だしね」とふざけながら帰り支度を始め、鈴木さんもそれにつづいた。

「さ、藤沢さん、帰りましょう」

俺がそう言うと、住川さんがくすくす笑いだした。

「二人、仲いいんだね」

「そんなことないですよ」

藤沢さんはいちいち反応する。

「いいことだよ。早く帰って、二人で好きなところ行ってちょうだい」

「私、どこも行かないで……」

藤沢さんが冷やかしに応えるのに、「行きましょう。では、お先に失礼します」と俺は背中を押した。

「なにもこんなに急がなくても……。先輩をさしおいて二人がまっさきに帰るって、どうだろう」

会社を出ると、案の定、藤沢さんはそう言った。

「年功序列で帰るきまりじゃないでしょう。それに、栗田金属のみんなはそんなこと気にもしないですよ」

「そうだろうけど、でも、いいとは思われないでしょう」

「藤沢さん、社長の座でも狙ってるんですか?」

「まさか」

三月が始まり、風はやわらかい。まだ夜の暗さが混じりこんでいない五時の空は、薄い青をしている。

「だったら、みんなの評価なんて気にする必要ないですよ。それに、藤沢さんがPMSで暴れるほうがよっぽど迷惑です。イライラするくらいなら早く帰ってくれとみんな思ってますよ」

俺がそう言うと、藤沢さんは「そうなのかな」とつぶやいた。

「だけど、住川さんまだ片づけてたのに、失礼じゃなかったかな」

「住川さんがそんなことで気分を害する人だと思ってるんですか?」

「そうではないけど、いい人だからこそ、怒らせたくはないというか」

「藤沢さん」

俺はやれやれと肩をすくめた。

「何?」

「栗田金属で一番怒りっぽいのは藤沢さんだし、怒ると厄介なのも藤沢さんですよ。炭酸飲料の蓋を開ける音にキレてぼくに当たり散らしたこと忘れたんですか？」

「ああ、そうだった……。でも、それはＰＭＳのせいで」

「ＰＭＳか何か知らないけど、ぼくからしたら、住川さんより藤沢さんのほうが怖いです」

「それ、本気？」

藤沢さんは、目を見開いた。

「本当はどっちもどっちですけど。だけど、社長や鈴木さんや平西さんは、住川さんより年が離れてる藤沢さんによっぽど気を遣ってますよ」

「うそ」

「うそじゃないですよ。住川さんはざっくばらんではっきりしてるからわかりやすいし、自分たちと年も近いから気安いでしょうけど、藤沢さんはおとなしいし、若い女の子だから、おじさんたちはどう接しようかなと気にもするんじゃないですか」

「私のことを気にする人なんているかなあ」

確かに藤沢さんは人に気を遣わせるタイプではない。まじめだし、ＰＭＳさえなければ穏やかだ。藤沢さん自身の自己評価が高くもないから、変におだてる必要もない。でも、会社の人たちは藤沢さんを大事にしている。

「今日は声を掛けましたが、明日からは五時になったら、一人で帰ってくださいね」

駅が見えてきて俺はそう言った。

「そんなの突然不良になったって思われないかな」

「藤沢さん、もうすぐ三十歳ですよね。藤沢さんが何時に帰ろうが、誰も一ミリも気になりませんから。それに、社長も早く帰るよう促してたでしょう」

「そっか」

「今週はできるだけ会社にいる時間を減らして、一人でいられるようにすればどうですか」

「そうだよね。そう、うん、やってみる」

藤沢さんは自分に言い聞かせるように、うなずいた。温かい日差しの中なのに、藤沢さんの頬は心なしか青い。やっぱり、体調がよくないのだろう。

「じゃあ、また明日」

少しでも早く帰ったほうがいい。俺はさっさと手を振った。


翌日、藤沢さんは欠勤だった。きっと、昨日の夜にPMSが来たのだろう。やっぱり顔色が悪かったもんなと思っていたら、昼休憩が終わるころ、

「藤沢さん、もう手術終わってるかな」

と社長が時計を見ながら言った。

「手術？」

「ああ、あれ？　山添君知らなかったんだ」

「ええ。どうしたんですか？　いったい」

知らなかったも何も、昨日一緒に帰った時には顔色が悪いくらいで、藤沢さんは普通に歩いてしゃべっていた。

「手術って言っても、そんなたいしたことじゃないよ。急性虫垂炎だって、ほら、盲腸」

社長がそう言って、

「昨日の夜、腹痛が我慢できなくて夜間に病院に行ったら、そのまま入院で今日手術になったんだって。朝、電話で話せてたくらいだから大丈夫みたい」

と住川さんが付け加えた。

「そうなんですね」

虫垂炎。大ごとではないはずだ。俺が子どもの時に父親がなったことがあるけど、あっさりと手術してすぐに退院していた。その時のことを思い出しながらも、同時に病室や手術の様子が思い浮かび背筋がひんやりした。簡単な手術と言っても、しばらくはベッドから動けない。自分の思うように身動きできない状況は、相当つらいはずだ。いや、藤沢さんはパニック障害ではないから、動けなくても平気だろう。でも、麻酔や手術の痛みはどうしてもつらい。それに、あの人、病気のくせに看護師さんに申し訳なさそうにへこへこしたり、どうでもいいことに気を遣ったりして、しんどくなってるだろうな。それより、藤沢さんは今、ＰＭＳの時期だ。手術直後にＰＭＳになったら、どうなってしまうのだろう。そんなことが次々と頭の中にめぐり、考え込んでいたせいだろうか、

「気になるんだったら、病院行ってきたら？」

と住川さんに言われた。

「いえ、気になるということはないんですけど」

心臓の片隅はざわざわしていたけど、俺は首を横に振った。

「そりゃ心配だよな。みんな気軽に言うけど、俺は盲腸になった時、手術してだいぶしんどかったよ」

平西さんの言葉に社長は「そうだよね」とうなずき、

「山添君が行ってくれたら、ちょうどいい。誰か会社から見舞いに行かないとなと思ってたから。会社を代表して行ってきてよ。術後の様子知りたいしな。昼からは急いでしないといけないない仕事はないから」

と言った。

「いや、でも」

「よろしく頼むな。えっと、駅前のなんだったっけ、ああ、そう若林病院だ」

社長は戸惑っている俺に、病院名を紙に書いて渡した。

「いや、ぼくは」

「逆だったら、藤沢さん、そうですねっていろんなものを持って病院に駆けつけると思うよ」

社長の言うように、相手が誰であっても見舞いに行くとなれば、あれがいるだろう、これがいるだろうと大きな袋をいっぱいにして病院に向かう藤沢さんの姿は難なく想像できる。俺が入院したら、パニック発作を一番に心配してくれるはずだ。

「そうでしょうね」

「ということで、よろしく。藤沢さんに、仕事のことは何も気にせずゆっくり休んでって伝えといてな」

社長は俺が行くと決め込んで、そう言った。

恋人どころか友達ですらないのに、早退してまで病院に行くのはどこか大げさな気もする。だけど、胸のいたるところがスピードを上げて動き出している。この動悸は藤沢さんの姿を見ないと治らない。

「じゃあ……行きます」

俺が立ち上がると、住川さんも「よろしく言っておいて」と言った。

会社を出ると、さらに俺の心臓は高鳴った。自分が手術を受けるわけでもないのに、病院のはりつめた空気が迫ってくるようで息がつまる。急ごう。手術後、藤沢さんが何かに困っているかもしれない。買い物をしていくか。いや、まずは病室に行って必要なものを聞いて、それから売店にでもいけばいい。とにかく早く病院に行かなくては。

駅まで早足で歩くと、電車が近づいてくるのが見えた。藤沢さんが住む駅のそばに病院はあるらしい。ちょうどよかったと慌てて切符を買って電車に飛び乗る。この方向でいいんだよなと病院名と簡単な住所が書かれたメモを確認する。よし大丈夫だと、電車が動き出したとたん、めまいがした。

あれ？　俺、なんで電車に乗ってるんだ。これは動き出したら、逃げ出すことが不可能な乗り物だ。二年間、駅構内にすら入らなかった。それが、どうして乗ってしまってるんだ。自分が電車の中にいることに気づくと同時に、体中から噴き出すように汗が出てきた。

病院に行くことに必死で、電車に飛び乗っていた。急ぐということがあまりにも久しぶりで、頭の中がそのことだけになって、自分がパニック障害であることさえ忘れていた。ああ、なんてことをしてしまったのだろう。

俺はドアのそばに行き、手すりにつかまった。体の奥底から気持ちの悪さが込み上げてくる。ずっと乗っていなかっただけで、電車くらい大丈夫のはずだ。薬も飲んでいる。たった三駅だ。耐えられる。残っている気力で自分に言い聞かせてはみたけれど、とても立ってはいられなかった。

手すりを持ったままドアの前にしゃがみこむと、おじいさんが「座ったら」と声をかけてくれた。「大丈夫です。ありがとうございます」そう言っているつもりなのに、声が出ない。俺は静かに首を振り、次の駅で降りよう、それまでの我慢だ、と深呼吸を繰り返した。震える手で、鞄の中からソラナックスとペットボトルの水を取り出し、一気に飲む。ようやく駅が見えてきた。ここまで五分もかかっていない。それなのに、一時間以上電車に揺られたように、体がぐらぐらしている。電車から飛び降りると、俺はホームのベンチに頭を乗せてうずくまった。座り込んで下を向くと呼吸は楽になっていく。早くなんとかしたくて、ソラナックスをもう一錠追加する。一日に飲んでいい量は超えているけど、発作を鎮めなくてはどうにかなってしまいそうだった。

通り過ぎる人が声をかけてくれるのを、「大丈夫です」と荒い息のままうなずいてやり過ごす。そうこうしているうちに、次第に薬が効いてきて、体が穏やかになっていく。助かった……。何度体験しても、たかが十五分程度の発作が何時間も続いているように感じる。それと同時に、発作が鎮まっていく時、深い海で溺れているのを救い上げてもらえたような大きな安堵に包まれる。

俺は体を起こして、ベンチに座りなおした。

汗をかいた体が風に吹かれてひんやりとし、ぼやけていた意識が取り戻されていく。俺、電車に乗ったんだな。無意識の行動ではあるけど、二年ぶりの快挙だ。切符を買って、乗り込んで。そこまでできた自分に驚く。

けれど、一駅乗っただけでこんなふうになってしまうのだ。もしかしたら、試していないだけでそろそろ電車に乗れるようになっているかもしれない。そんなふうに思うこともあったが、甘い考えは一蹴された。俺は未だに電車になんて乗れない。一分ですら閉鎖された空間にいられない。それを思い知った。

パニック障害になって二年。だんだん慣れてきて、この生活でも困ることはない。そう割り切れるようになってきた。仕事もできるし、一日を過ごせる。それで十分だ。そう思える余裕も出てきた。

でも、現実は違う。俺は何もできない。誰かが困っていたとしても、その場にたどり着くことさえできないのだから。発作が終わった安堵感に情けなさが重なって、涙が出てきそうになる。いや、泣いていてもどうしようもない。自分を憐れんで変わることは何一つない。

藤沢さんがはさみを持って俺の髪の毛を切りに来た日のことをふと思い出した。美容師でもないのに、俺の髪を切って、こけしみたいにしてくれたっけ。あの時は笑ったな。コンビニのおにぎりを用意したり、お守りを郵便受けに突っ込んだり、あの人はあの手この手を使ってくる。

電車に乗れない。だから、たどり着けない。そうだろうか。たった一つの移動手段を奪われただけで放棄するのは、パニック障害なんて関係なく、何もできないやつのやることだ。そもそも電車しか移動手段がないのなら、俺、ここから一生動けない。死ぬまでこのホームで暮らさないといけない。そう思うと、少し愉快な気持ちになって、頭が動き始めた。

さて。どうやって病院に行こうか。電車はアウト、タクシーはもっと気分が悪くなる。乗れるのは、自分で運転する軽トラだけだ。普段俺は、軽トラで配達をしている。乗っている時間はたかが知れているけど、窓全開で自分の好きなペースで運転できるから、乗っていて発作を起こしたことはない。慌てて駅まで行かず、会社から軽トラを借りて病院に向かえばよかったか。

今から会社に歩いて戻り軽トラで行くのが得策のようだけど、会社まで歩くのはたいへんだし時間がかかる。軽トラ以外に乗れるものはなんだ。飛行機、新幹線、バス。子どもみたいに乗り物を順に思い浮かべて、はっとした。自転車だ。自転車は閉じ込められていないし、小回りも利くし、どこでも降りることができる。そして、徒歩よりも楽で、早く遠くまで行ける。パニック障害を患っているものにとって、最高の乗り物だ。

俺は携帯を取り出すと、近くにレンタサイクルはないか調べた。この駅前に一軒ある。よし、行こう。目的が定まったせいか、二錠も飲んだソラナックスのせいか、体はすっきりとしている。歩いてみると、足取りも確かだ。

駅を出ると、すぐそばに小さな店があった。免許証を見せ、名前と連絡先を書くだけで、すぐに自転車を借りることができた。しかも、この沿線の駅ならどこに返してもいいと言う。帰りは自分の家の最寄り駅で返却すればＯＫ。なんとすばらしいシステムだ。

店を出て、自転車のかごに荷物を載せサドルにまたがると、これで病院まで行けるのだと心が微《かす》かに奮い立った。中学高校と俺は自転車通学だったし、大学のころはたまにサイクリングにも行っていた。社会人になってから乗ることはなかったけど、自転車は好きだった。

ペダルを踏み込むと、風がふわりと頰に当たる。これから来る春と迫りつつある夕方を含んだ少し湿った風。俺は運動神経は悪くない。この足と自転車があれば病院まですぐだ。発作で熱くなった体が風でクールダウンされるのを感じながら、俺は自転車を進ませた。

病院の受付で案内された病室に行くと、四人部屋の奥のベッドが藤沢さんのスペースだった。二時間ほど前に手術を終え、もう病室に戻っているということだ。

「藤沢さん、いいですか？」

とカーテン越しに声をかけると、

「あら、こんにちは」

と女性の声がしてカーテンが開いた。

六十歳前後だろうか。少しぽっちゃりしてはいるけど、顔は藤沢さんにそっくりで、すぐに母親だとわかった。そっか。藤沢さんが実家から出ているから、てっきり一人で手術を受けているものだと思っていたが、入院ともなれば家族も来るか。それなのに、関係もない俺がやってきたなんて。

「あ、あの、同じ会社の山添と言います」

俺は慌てて挨拶をした。

「あらまあ。わざわざすみません。美紗の母です。美紗、さっき手術が終わって、まだ麻酔が効いてるみたいで……。寝てるんですけど」

お母さんは、俺をどうぞとベッドのそばに招いた。ベッドでは、酸素マスクを付けたままの藤沢さんが静かに眠っている。

「四十分くらいで手術は終わって、明日にでも動けるみたいです。このままいけば土曜には退院できるって」

お母さんは笑顔で言った。声に張りがあって、はつらつとした人だ。

「それならよかったです」

簡単な手術でたいしたことはない。そう聞いても、目の前で点滴の管を通されたまま眠っている藤沢さんを見ると、しんどいだろうなと思わずにはいられなかった。

「座ってくださいね」

お母さんにパイプ椅子を勧められ、「いえ、すぐに帰りますんで」と俺は断った。

「えっと、美紗とお付き合いされている方かしら。ご挨拶が遅れて。お世話になってます」

お母さんは丁寧に頭を下げた。

「あ、違います。ぼくは、ただの会社の同僚で」

「それなのにわざわざ?」

お母さんは「うそでしょう」とおどけた顔を俺に向けた。

「本当に恋人とかではないんです。でも、藤沢さんには普段からよくしていただいて……」

「本当？　うちの子、不器用だし会社でもご迷惑かけてることのほうが多いんじゃないかしら」

「いえ、そんな……。藤沢さん、大丈夫でしたか？　手術の前とか」

「ええ。ただの虫垂炎でおなかが痛いだけなんだけど、手術するのにサイン要るからって言われたから来たようなもので」

お母さんは人騒がせよねと笑った。

「そうなんですね」

あちこちに気を遣うけど、藤沢さん、自分のことに関してはけろっとしているもんな。

きっと「虫垂炎かー。手術かーまいったな」くらいだったのかもしれない。

「ああ、もうすぐ四時ね。ここまで家から二時間かかるから、私、そろそろ帰らせてもらおうかな。あと少しで目が覚めるだろうって先生も言ってたし」

お母さんはそう言いながら、荷物をまとめ始めた。

「えっと……、目が覚める時、いらっしゃらなくていいんですか？」

もう少しで起きるのなら、誰かいたほうがいい。手術後は不安なこともあるだろう。

「山添さん、いてくださるんですよね？　また明日の朝も来るし。今は誰か一人いれば十分でしょう」

お母さんはふふふと笑った。まだ勘違いをしているようだ。

「何度も否定するのもおかしな話ですけど、藤沢さんとぼくは恋人同士ではなくて、今後もそういうことはないというか」

思い違いをしたまま帰ってしまうのはよくない。俺がそう言うのに、お母さんは、

「どういう関係でも、たかが虫垂炎で駆けつけてくれる人だってことには変わりないわよね」

とにこりとした。

「それはそうなんですけど、でも」

藤沢さんが入院してると聞いて、俺自身が落ち着かなかったからここまで来た。心臓が

高鳴るのを静めたかっただけ。自分の体のためで、藤沢さんをいたわってきたわけではない。だけど、さっき俺は無謀にも電車に乗って、発作を引き起こした。そのあと、あれこれ手段を考えて、自転車に乗ってここにたどりついた。それは、自分の不安を消すためだけにできたことだろうか。

「まあまあ、細かいことはおいといて、よろしくお願いします」

お母さんはにこやかに言うと、カーテンを開けて出て行った。


もうすぐ目覚めると聞いていたのに、藤沢さんはその後もずっと眠ったままだった。様子を見に来た看護師さんに大丈夫かと聞いてみても、

「麻酔や薬が効きやすい体質なのかもね。手術は成功したし、心配ないですよ」と言われるだけだった。

藤沢さんが目を開けたのは、五時を回るころだ。

「ああ、あれ?」

藤沢さんは苦しそうに酸素マスクをずらすと、ぼんやりと目を開けて辺りを見回した。

「お母さん、帰られましたよ」

「ああ、いや、あれ山添君?」

まだしんどいのだろうか。藤沢さんの声はかすれている。

「会社から代表してきました」

「代表……」

「ええ。皆さん、何も心配せずゆっくり休んでっておっしゃってました」

「はあ……ああ……」

藤沢さんは小さく頭を動かしてうなずくと、「申し訳ない」とつぶやいた。点滴の管がつながっているし、麻酔が完全には切れていないのか、身動きができないようだ。たかが虫垂炎であっても、手術をするとこんなふうになるんだ。

「藤沢さん、何かいりますか？」

俺が聞くのに、藤沢さんは弱々しく、「水飲みたいかな……喉が……渇いて」と言った。

病室の空気は乾燥しているから、喉が渇くのだろう。何か入っているだろうかと冷蔵庫を開けようとして、ベッドサイドにかけられた絶飲絶食と書かれた札が目に入った。食べ物ならまだしも、水分が取れないなんて。こんなの、俺だったらパニック発作を起こしてそのまま気絶しそうだ。水が飲めないのは、つらい。何か方法はないのだろうか。

「ちょっと待っててくださいね」

俺は廊下に出て、隣の部屋に入ろうとしていた看護師さんに、「藤沢さん、目が覚めて、水分が欲しいようです」と告げた。看護師さんは「ああ、そうよね。絶飲だから水は飲めないけど、うがいならＯＫだから。口の中を濡らすだけですっきりすると思う。ちょっと待ってて」と、ナースステーションから持ってきた水のみと受け皿を渡してくれた。

「藤沢さん、これで水を口に入れて、で、吐き出してください。飲み込まないように。ちょっと待ってください。えっと」

俺は藤沢さんに首だけ横を向いてもらって、そっと口に水を入れ、そのまま受け皿を置いた。

「ああ、助かる……」そう言って口に入れた水を吐き出すと、藤沢さんはまたうとうとと眠ってしまった。

その後、何度か藤沢さんの口に水を含ませて「ありがとう」だとか「ごめんね」だとかをつぶやくのを聞いてるうちに、時間は過ぎた。麻酔が切れてきたのか少しずつ目がしっかりしてきて、言葉数が増えていく様子にほっとする。七時になると、面会時間終了の放送が流れた。

「山添君、ありがとう……」

「ああ」

「ごめんね……」

「何も気にしないでください」

「じゃあ」

「ええ、また」

椅子から立ち上がったものの、もし夜中に喉が渇いたら、しんどくなったらと、心配にもなった。自分の力で動けないとき、誰かがすぐそばについていないと、どうにもしようがない。そう思いながら、また目を閉じた藤沢さんを見ていると、

「もう面会時間終了ですよ」

と覗きに来た看護師さんに声をかけられた。

「すみません」

「大丈夫ですよ。手術は成功したし、明日の午前中には管もとって、歩けると思います」

「そうなんですね」

この状態から、明日には歩いてるのか。信じがたいけど、俺の心配はいらないということだ。

「じゃあ、よろしくお願いします」

俺は看護師さんに頭を下げ、病室を後にした。

病院から家まで自転車で三十分くらいだった。それだけ漕ぐと、じんわりと汗ばんでいる。心療内科の医者に「体力をつけることは大事だ」と言われながらも、しんどくなることが不安で、運動らしいことをしたことはなかった。でも、ぐったりと重い体の中には爽快感もある。こうやって少しずつでも動かしていかないとな。すでにはりを感じているふくらはぎをさすりながらそう思った。

翌日、仕事を終えると、会社から軽トラで病院に向かった。もう行く必要はないかと思ったけれど、しっかりと目覚めている藤沢さんの姿を見ておきたかった。

「ああ、やっぱり山添君だったの？」

五時過ぎに病室に到着すると、藤沢さんはもうベッドの上で上半身を起こして雑誌を広げていた。声はしっかりしているし、目にも力がある。昨日のあの状態から、たった一日でこんなにも回復するんだ。体ってすごいと感心してしまう。

「何がですか？」

「昨日、来てくれたよね。私、麻酔のせいか、頭がぼんやりしてて……。山添君が来るだなんて思ってなかったから。朝来た母に、会社の人がいらしたよと言われてもぴんと来なくて。ごめんね、時間使わせて」

「ああ、まあ」

「山添君、とんだ災難だよね。社長、本当心配性なんだから。虫垂炎だよ。全然、たいした手術じゃないのに」

藤沢さんは社長に命じられて、俺が昨日と今日病院に来たと思っているようだ。ここに来たのは自分の意志で、しかも、電車と自転車を駆使してやってきたのだ。慌てて電車に飛び乗って、発作を起こした。そんなことをおもしろおかしく話してみたい気もしたけど、わざわざ言うべきことでもないようにも思えた。

「昨日、お母さんにお会いしましたよ」

「お母さん、余計なこと言ってないかな」

「大丈夫です。藤沢さんに似てますね」

「よく言われる」

「藤沢さん、何か欲しい物とか必要な物、ありますか？」

「欲しい物……？　なんだろう。ああ、そう、入院前に掃除機を買い替えようって思ってたんだよね。今のが故障して。今度はコードレスにしようかと」

昨日はあんなにぐったりしていて水さえ飲めなかったのに、今は生き生きと話している。いつもの藤沢さんの間の抜けた感じに、安心する。

「そういうことじゃなくて、今です」

「今？」

「例えば、水とかスポーツ飲料とか、タオルだとか。そういうの」

「ああ、そっか……。朝、お母さんが冷蔵庫にいろいろ入れて行ってくれたし、もう、談話室まで歩いて行けるから、自販機で買うこともできるし。何もないかな」

「そうなんですね」

自分の意志で自分の欲しいものを手に入れられる。大げさだけど、すごいことだ。他に何かできることはないかと、カーテンで仕切られた狭い空間を見回してみたけど、何も思いつかなかった。もう動ける藤沢さんに、俺ができることはなさそうだ。

「それより、山添君、どうやってここに来たの？」

藤沢さんは「冷蔵庫の中の物、自由に飲んで」と言ってから、そう聞いた。

「山添君、電車は無理だよね。まさか徒歩じゃないだろうし。何？　移動手段思いつかない」

「会社から軽トラを借りてきました」

車で十五分ほどの病院。それだけの移動でこんなに不思議がられるなんて。俺はやれやれと思いながら答えた。

「配達に使ってるトラック？　あれなら大丈夫なんだ」

「自分で運転して、好きに窓開けて、好きな場所に好きな時に停まれる乗り物ならいいんです」

「なるほど。移動手段にもこだわりがあるんだね」

こだわりじゃなくて、それしか乗れないだけだ。俺は冷蔵庫から水を取り出して、パイプ椅子に腰かけた。

「あ、そうだ。明日、住川さんがお見舞いに行くと言われてました」

俺がそう言うと、藤沢さんは「えー」と顔をしかめた。

「なんなんですか。様子を見に来てくださるのに失礼ですよ」

「困る、困る。ありがたいけど、たいしたことないし。病院内もバタバタしてるとか言って、断っておいて」

「来てもらったら、いいじゃないですか」

「だって、私お風呂も入ってないし、化粧もしてないし、こんな格好だし、住川さん来てもらっても何もできないし……」

「入院中なんだから、それでいいでしょう」

「よくない。絶対無理。こんな姿、家族にしか見せられない。山添君、うまいこと言っておいて。お願い」

藤沢さんは両手を合わせた。

「できるかな。俺、そういう社交辞令みたいなの、うまくないし、そもそも普段あんまりしゃべってない相手に、上手にごまかせるかな」

「できるよ。山添君、勝手に私のＰＭＳのこと住川さんと話してたんでしょう」

「それはそれで……。あれ？　藤沢さん、ＰＭＳは大丈夫だったんですか？」

「うん。麻酔中になってたのか、手術でそれどころじゃなかったのか、平気だった。そんなことより、誰もお見舞い来ないように、お願いね」

藤沢さんはもう一度俺に手を合わせてみせた。

「やれるだけやってみますけど」

「やれるだけじゃなくて絶対にやってよ。こんなたかがしれてる手術で、しかももう元気なのに、お見舞いにきてもらったら申し訳なくて、おなか痛くなる」

藤沢さんが大げさに言うのに、「はいはい。わかりました」と一応うなずいておいた。

六時になると夕飯だと放送が流れ、「お粥だろうけどね」と藤沢さんが肩をすくめた。

「じゃあ、俺、帰りますね」

「ああ、うん。ありがとう」

「次は会社で」

「うん。そうだね」

お粥とはいえ、ごはんも食べられる。土曜の朝には退院できるということは、もう手助けもいらないだろう。俺は最後に病室をくるりと見回してから、藤沢さんに「では」と手を振った。

翌日、出社そうそう、住川さんに、

「昨日会ったんですけど、藤沢さん、とても元気でした。で、逆に気を遣うし、お見舞いは結構ですと言ってました」

と報告した。

住川さんは、

「あれ？　山添君、昨日も行ったの？」

と目を丸くした。

「そうですね。まあ」

「へえ」

住川さんは意味深な笑顔を浮かべた。藤沢さんのお母さんにしても、住川さんにしても、どうして女性はちょっとしたことで恋人同士にしたがるのだろう。

「もう土曜日には退院ですし、病院もバタバタしてるようですし、とにかくお見舞いは遠慮したいそうです」

俺は住川さんの反応を無視して、話をつづけた。

「ふうん、山添君は行くのに？」

住川さんはまだにやにやしている。

「ぼくももう行きませんけど」

「じゃあ、今日は私が行くわよ」

「やめたほうがいいと思います。藤沢さん、家族以外には汚い格好を見せたくないようです」

俺がそう言うと、住川さんは、

「え？　もしかして、二人結婚するの？」

と大きな声を出した。

結婚。なんだそれ。その発言に俺のほうが驚いて、

「どういうことですか？」

と聞き返した。

「いや、だって、美紗ちゃん、他人には見せられない格好なのに、山添君には見られてもいいってことでしょう」

「ああ、そういうことか。違いますよ。あの人、ぼくのことどうでもいいと思ってるんで、汚い格好でも平気なんですよ」

「またまた。二人の関係ってそんなに進展してたんだ。お互い最初は苦手そうな感じだったのにね」

住川さんはそう言った。

藤沢さんに髪を切ってもらって、お守りをもらって。二人で事務所を片づけて、サントラを一緒に聴いて。少し苦手だったはずの藤沢さんは、そんなことをできるくらいの相手にはなっている。それに、藤沢さんが勝手に俺の家にやってくるだけだったのが、俺が病室に駆けつけるくらいにもなった。結婚になど向かってはいないけれど、俺たちの間柄は進んではいる。

「あ、図星だった？」

「いいえ。とにかく、お見舞いはなしにしましょう」

厚意にくぎを刺すのは気が引けるけど、病室に来た住川さんに、気を遣う藤沢さんの姿は簡単に想像できる。俺は「すごく元気だったのでまた会社で会うということで」ともう一度念を押して、逃げるように倉庫へと向かった。

テンポよく次々返ってくる言葉は心地よくはあるけど、住川さん相手に会話をするのは疲れる。配達用の荷物を作りながら、俺はほっと息を吐いた。うまく言えたかどうかは別にして、これで住川さんは見舞いに行かないだろう。大仕事は終わったなと安心しかけて、あれと思った。藤沢さんに、住川さんが行かないことを伝えたほうがいいだろうか。

来るのか来ないのかわからないまま、病室で待っているのは落ち着かないだろう。いや、俺が断っておくとわかっているから大丈夫か。でも、藤沢さん、俺が言い切れると信用してないだろうな。見舞いはなくなったと知らせておくか。俺は携帯を取り出し、メールを送った。

ところが、退社時間になっても、藤沢さんから返信はなかった。何度か電話をしたがつながらない。まさか、病院に携帯を持ち込んでいないのだろうか。まあ、ほうっておけばいいか。いや、どっちつかずのままなのは、さすがに気の毒だ。だとしたら、住川さんが来ないことを伝えるためだけに、また病院まで行かないといけないのか。そう思いながらも、軽トラにレンタサイクル、移動手段を手に入れた自分を頼もしくも感じていた。まあ、いいか。春になる前の夕方は気持ちがいいから。

今日も仕事はいつもどおりに終わった。三日間の藤沢さんの不在は大きいはずだが、みんなそれとなくカバーをしている。年は取っているものの、平西さんも鈴木さんも住川さんも動きは軽いし、労を惜しまない。そのおかげか、栗田金属は誰が休んでもダメージを受けることはない。誰でもできる仕事しかないのではなく、誰しも仕事ができるのかもしれない。俺は、相変わらず自分のことしかしていないけど。一番の若手がこれではなと、少しだけ気が引ける。だけど、パニック障害だからしかたがない。心の中で言い訳をつぶやいて、俺は一番最初に会社を出た。

また会社の軽トラを借りて病院に行こうかと思ったが、見舞いに行くのだろうと住川さんに詮索されるのも面倒だ。となると、自転車。でも、毎回レンタサイクルを手続きするのも邪魔くさいよな。そうだ、いっそのこと買ってしまおう。ここ二年たいした出費をしていないから、自転車くらいいくらでも買える。俺はすごい計画を思いついたかのように心が弾んで、そのまま家に帰る途中の店で自転車を購入した。ちょっとダサいかと思ったけれど、荷物を運ぶこともありそうだから、かご付きの自転車。見た目はさておき、よく走りそうな、軽くて丈夫なもの。灰色のボディに紺色のサドルは十分いかしている。

さっそく漕いでみる。自分のものだと思うと、遠慮なく使える。新しい持ち物が増えるのは、この年になってもうきうきする。病院まで自転車なら三十分。ちょうどいい距離にちょうどいい運動。この間はかなり久しぶりに乗ったけど、今日は二回目だから軽やかだ。病院に着くと、俺は一階フロアの売店でいくつか飲み物を買ってから病室に上がった。

「藤沢さん、入りますよ」

そう声をかけてからカーテンを開けると、藤沢さんが、

「あれ?　山添君?」

と驚いた声を出した。

藤沢さんはベッドから出て、棚を片づけている。すっかり元気なようだ。

「いったいどうしたの?」

「今日は住川さんが見舞いに来ないってことを伝えに。メールもしたんですけど、つながらなくて。藤沢さん、携帯持ってきてないんですね」

「あ、病院だし、電源切ったまま鞄に入れっぱなしだ……。ごめん、面倒かけちゃって」

そんなことだろうとは思ったけれど、いいだろう。今は自転車を買ってとても気分がいい。

「まあいいですよ」

「わざわざありがとう。……じゃあ、いっか」

藤沢さんはそう言って、ベッドの上に座った。

「じゃあいいかって？」

俺は勧められたパイプ椅子に腰かけた。

「どうせ山添君、うまく話してくれずに住川さんやってくるかなと思って。それなら会社帰りだろうと、今ベッド周り整理してたんだ。歯磨きとかタオルとか出しっぱなしだったから」

「ずいぶん元気ですね」

「うん、元気。だいぶ動けるようになって、談話室とか、このフロアの中はうろうろしてるよ。食事も普通に食べられるようになったし」

「そうなんですね。じゃあ、好きなのどうぞ」

俺は売店で買った飲み物をテーブルの上に並べた。

リンゴジュースにアクエリアスにジャスミン茶に麦茶。「うわ、迷うな」と藤沢さんはうれしそうにしながら、リンゴジュースを選んだ。俺は麦茶を手にして、他の物を冷蔵庫にしまった。

「山添君、今日も軽トラ？」

「いえ、自転車買ったんです」

声が自慢げに響くのに、俺は自分で笑ってしまった。藤沢さんは俺につられて笑いながらも、「それ、すごいよ」と拍手をしてくれた。

「自転車、便利ですね。徒歩より早いし、閉塞感ゼロだし。そういや、俺、中学も高校も自転車通学で、すごく自転車好きだったんですよね」

「そうだったんだ」

「パニックになってから、これが一番大きな買い物です。値段も大きさも」

「うわ、思い切ったんだね」

「三駅分の距離、自転車なら三十分で来れましたよ」

「だいぶ速いんだ」

「かご付きの自転車なんですけど、それでも乗り心地はよくて」

藤沢さんはたかが自転車を買ったことに、何度も感心してくれた。そのせいで、俺はついつい饒舌《じょうぜつ》になってしまった。

パニック障害になってから忘れていたことを、この半年足らずでいくつか思い出した。クイーンをよく聴いていたこと、和菓子が好きだったこと、自転車に乗るのが得意だったこと。同時にできないことも思い知った。映画館に入ることも、電車に乗ることも、まだ俺にはできそうにない。

でも、手段はある。

美容院に行けなければ髪くらい家で切ればいいし、映画館に入れないのならポップコーンを食べながらサントラを聴けばいい。電車が無理でも自転車がある。代わりではなく、そのほうがずっと楽しいことも多い。


面会終了時間が来ると、藤沢さんはエレベーターホールまで送ってくれた。

「エレベーター乗れる？　非常階段もあるけど」

「階段にします。それより藤沢さんは大丈夫なんですか？　無理しないでくださいよ」

「動くとおなかの傷に響くくらいで、他は何ともないから」

「すごいですね。体って」

「本当に。虫垂炎になったって、穴開けて手術したって、三日くらいで復活するもんね」

「すべてではないだろうけど、回復させる力がぼくらにはあるんですね」

「うん。そうだね」

藤沢さんはにこりと笑った。

「じゃあ、おやすみなさい」

「おやすみなさい」

手を振る藤沢さんに頭を下げて、俺は階段へと向かった。

なんとかすれば誰かの下にたどりつけることは、きっと藤沢さんが教えてくれた。

「こんなにたくさんいらないよ。明後日には退院するのに。山添君、家で飲んで」

そう言って、藤沢さんが袋に入れてくれた飲み物は、冷蔵庫に入っていたものだろう。

俺が持って行った数より増えている。カーテンで仕切られた病室の狭いスペース。藤沢さんといるその空間は、緊張感も圧迫感もなかった。

寒い十一月の土曜日。髪の毛を切りに来た藤沢さんが、ハンドクリーナーやらごみ袋やらを出してきたことを思い出した。突拍子もないことをしてしまえるところじゃなく、俺は藤沢さんのそういうところが好きなんだ。そう思った。

17

退院の日は朝から気持ちよく晴れていた。病室の中にもきれいな日の光が差し込んでいる。たった五日間病院にいただけなのに、もう外の空気が恋しい。たいした病気でなくても、閉じこもった空間は気を滅入らせる。

私が入院していたのは四人部屋だけど、同室の人は一人だけだ。数回しか姿を見てはいないが、私より十歳ほど年上だろうか。名前は病室の前に貼り出されているからわかってはいるけど、知っているのはそれだけで、軽い病気なのか、重い病気なのか。どれくらい入院されているのか、退院はいつなのか。ここでの大事なことは何も知らない。朝から晩まで一緒の部屋で生活はしたけど、出くわしたときに会釈をしたていどで、間柄は深まってはいない。

最後の診察を終え、ベッドを整え、忘れ物はないか看護師さんの確認を受けた。あとは下の受付で会計を済ませれば、外に出られる。さて、もう帰っていいのだろうか。入院が初めてだから、こういうとき同室の人にひとこと挨拶をすべきかどうかがわからない。何も言わずに去るのは失礼なのか、先に退院することを知らせるのは嫌みになるだろうか。相手の立場や気持ちがまるで読めないと、どう行動していいのかが不明だ。そういうときは、なにもしないのが一番かもしれない。

そんなことを考えながら、最後に荷物を固めていると、

「ああ、間に合った」

と病室に山添君が入ってきた。急いで来たのか頬が赤くなっている。

「どうしたの？　私、もう退院するけど」

「そうですね。一応、迎えに来ました。と言っても自転車なので、せめて荷物を運ぼうかと」

「荷物？」

寝巻は病院のものを借りたし、タオルと下着と歯ブラシだけで、荷物は紙袋一つにまとまっている。これくらい自分で運べるし、もう普通に動ける。困ることは何もないから、来てくれると言っていた母親も断ったくらいだ。

「私、タクシーで帰ろうかと思ってて……。だから、平気なんだ」

「でも、ここから下までと、藤沢さん、アパートですよね？　家、何階ですか？」

「三階」

「だったら、部屋まで運ぶのはたいへんでしょう？」

「そうかな」

多少、手術痕《あと》がしくしくはするけれど、たいしたことはないし、紙袋一つくらい余裕で運べる。

「タクシーに先に着かれると意味ないので、今から荷物、自転車で運んでおきますね」

「そんなのいいよ。もう私元気だから。タクシーのほうが、自転車で運ぶより楽だし」

「大丈夫です。かごついてるんで、俺の自転車」

山添君は椅子の上の紙袋を取ると、「あ、住所教えてください」と言った。

「そこまでしてもらわなくても……」

「もうここまで来てるんで。とにかく、住所、いいですか」

なんだかせかされて、私が住所を告げると、「じゃあ、荷物、部屋の前に置いておきますね。藤沢さん、ゆっくり帰ってください。あ、それと、これ」

と山添君は私に小さな封筒を渡した。

「何?」

「テレビカードです。ここ冷蔵庫を使うのにもいりますよね」

山添君は声を潜めて言った。

「そうだけど」

テレビをそれほど見なくても、この病院は冷蔵庫を動かすのにもテレビカードがいる。

だから私も何枚か買う羽目になった。

「藤沢さん、カードの度数余ってないですか？」

「三時間分くらい余ってる」

「ですよね。藤沢さん、ぴたりと使い切るの下手そうですもんね」

どういう意味だ。私は顔をしかめた。

「余った分封筒に一緒に入れて、先に帰る挨拶にお渡ししたらどうかと。いかにも藤沢さんの考えそうなことだと思ったんですけど」

山添君はそう言うと、

「では。ぼくは行きますね」

と私の荷物を手に病室を出て行った。

「ではって……」

一瞬の出来事にあっけにとられている間に、山添君の後ろ姿は見えなくなった。なんだったんだろう、今の。まだ朝の十時だ。突然現れた山添君に驚いている間に荷物を運ばれ、封筒を渡された。山添君ってあんなにフットワーク軽かったっけ。自転車ってそんなに気軽に移動できる乗り物だったっけ。そう思いながらも、封筒の中をあけて見てみた。千円分のテレビカードが二枚。「母や同僚が見舞いに来るたびに買ってくれて、残ってしまった」そう言えば、気兼ねさせることなく渡すことができるだろう。山添君の言うとおり、いかにも私が考えそうなことだ。贈り物を渡すとき、迷惑にならないものをと考えすぎて実用的なつまらないものを選んでしまうのがいつもの私だ。

だけど、ここではテレビカードは最善の選択かもしれない。食べ物はアレルギーや制限があるかもしれないし、本やタオルにしても好みがある。手のひらサイズの薄いカード。余ったら返金もできるし、無駄にはならない。これを渡すついでに挨拶もできる。

「あの、今日、退院することになって、これよければ」

向かいのベッドへ声をかけると、

「そうなんですね」

とカーテンが開かれた。

「あ、すみません。突然」

「いえ」

女の人はベッドの上に座りなおした。

「これ、テレビカード残ってしまって……よかったら」

私がカードを差し出すと、

「ああ、ありがたい。いいんですか?」

と女の人は微笑んだ。

「余りで申し訳ないですけど」

「助かります。退院なんですね。おめでとうございます」

「ありがとうございます」

私はそっと頭を下げた。

「私は来週の木曜日に退院できそうで」

「そうなんですね」

退院がそう先ではないことに、私はほっとした。

「まだ寒いから気をつけてくださいね。突然動くとしんどくなるだろうし、無理されないように」

初めて面と向かった女の人の言葉が、思いのほか心にくる。

「気をつけます。ありがとうございます。じゃあ……」

「じゃあ」

女の人は、にこりと笑って会釈をした。

ほんの少し言葉を交わしただけで、すっとした。たったこれだけの会話で心が解かれた気がする。これで、何もひっかかることなく退院できる。さあ帰ろうと病室を後にして、ゆっくり行かないといけないんだったと、私はため息をついた。どうしたって、タクシーのほうが自転車より先に着いてしまう。時計を見ると、山添君がここを出てから二十分もたっていない。休憩でもしていくか。私は会計を済ませると、自販機で買ったジャスミン茶をロビーで飲んでから病院を出た。

寝て過ごしていたせいか、手術のせいなのか、外に出ると少しふらっとした。三月のやわらかな日差しでさえまぶしい。たった五日で、季節はぐっと進んでいる。風に光に薄い緑の木々。そこら中に春の気配が立ち込めていた。

病院入り口に停まっていたタクシーに乗ってアパートに戻ると、部屋の前に紙袋が置かれていた。よかった、後で着いて。変なことに安心して、紙袋と一緒に置かれていたコンビニの袋を手にして部屋に入る。袋には、マジックで「退院祝い」と書かれている。

山添君の病気のハードルってどこかおかしい。以前、パニックとPMSを一緒にしたとむっとしていたくせに、虫垂炎くらいで退院に駆けつけ、お祝いまでくれるなんて。だけど、退院祝いはうれしい。袋の中には様々な種類のゼリーが五つも入っていた。

そのまま土曜日は家を片づけては、ごろごろして過ごした。思っていたより体は手術のダメージを受けているのか、少し動くと疲れが出た。翌日も昼過ぎまで寝て、ゼリーを食べながらぼんやり過ごした。

ささっと片づけたいと思う反面、ゆっくり体が回復していく感覚は悪くはなかった。おなかが痛くてどうなるかと思って入院して、虫垂炎だという診断にたいしたことないとほっとしたら、翌日には手術で。簡単な手術なのに体が動かせなくなって、それでも、二日もすれば歩けるようになっていく。体って自分が思っている以上に強いと感心する。

それにしても、山添君、自転車に乗るようになっていただなんて。いったい何があったのだろう。徒歩以外の移動手段を手に入れたのは、山添君には大きな変化だ。私も今の場所から動ける何かを手に入れてみたい。そんなことを考えていると、気になっていたことを思い出した。虫垂炎になって忘れていたけど、お守りの送り主がわかったんだった。なんだったっけ。あの日、山添君が見せてくれたホームページを思い出す。クオリティーなんとかという会社名だったなと、パソコンをネットにつなげて検索をかけてみる。クオリティーS&M。そうだ、この会社だ。

ここの誰かが、山添君にお守りを送ったんだ。半年ほど働いただけの新入社員にそこまでしてくれるなんて、いい会社だったのだろう。そして、時々自分で言うように、山添君も今でも気にかけてもらえるくらいによく働いていたのだ。

ホームページだから当然だろうけど、社内の写真からは、和気あいあいとした活気ある様子が伝わる。十二月に伊勢神宮に行ったことも書かれていた。「これからの会社の発展と皆様のご多幸をお祈りしました」と写真の下に記されている。

祈りが山添君に届いたこと、お守りを送った人は知っているのだろうか。私に上司のことを話していた山添君の様子からも、送り主は信頼できる人なのがわかる。せめて、受け取ったことだけでも伝えるべきではないだろうか。でも、いらないおせっかいか。「また藤沢さんは余計なことを」と眉をひそめる山添君の顔が浮かぶ。だけど、淡々としているふりをして、山添君もたいがいおせっかいだ。毎日のように病室にやってきて、最後にはテレビカードを用意して、荷物まで運んでしまうのだから。

お互い様だと勝手に言い訳をすると、私は会社の問い合わせ先メールに、山添君がお守りを受け取ったこと、私は同僚でその様子を見ていたことを書いて送った。日曜日なのに、その日の夕方には返信があった。

藤沢様

ご丁寧なメールをありがとうございます。私は以前山添君と一緒に仕事をしていました辻本と申します。昨年末、会社から伊勢神宮に行く機会があり、せっかくだからと購入したお守りを、山添君にも郵送しました。

また、その件で、つい先日山添君から手紙をもらいました。

新しい会社で温かい人たちに囲まれ、なんとか仕事ができていること、少しずつでも今の職場でできることをしていきたいということなどが書かれていました。

彼がいい環境で仕事に向かおうとしていることがわかり、ほっとしています。

今後も山添君のことよろしくお願いいたします。

どういうことだ？　私は何度もメールを読み返した。つまり、山添君、お守りの送り主に手紙を出したってこと？　あんなにどうでもいいふりをしていたくせに？

けれど、この返信だけで、山添君がどういう思いをこめて手紙を書いたのかがよくわかった。伊勢神宮と日吉神社の神様の力。前の職場と今の職場の上司の祈り。お守りの効果は十分にあったのだ。

18

三月下旬。藤沢さんも仕事に復帰し、栗田金属も普段どおりの毎日が戻ってきた。肌寒さが残っていた風も暖かくなり、社長はそろそろストーブを片づけようと話している。春だな。小学生の時からの年度のくせだろうか、新年より四月の前に心は弾む。

「最近、山添君顔色いいねー」

昼食中、社長が俺に言った。

「そうですか?」

「何か運動でも始めたの? ウォーキングとかさ。体も締まっている感じがするけど」

「運動……?」

俺が首をかしげていると、隣の席の平西さんも「そういや、山添君すっきりしてきたな。こっそり鍛えてるのか? 秘密にしてないで教えろよな」とちゃかした。

「何もしてないですけど、しいて言えば自転車で通勤するようになりました。そのせいかも」

「へえ。自転車って、そんなに体にいいのか。最近腹も出てきたし、ぼくも乗ってみるかな」

そう言いながら社長がアンパンを口に入れるのに、平西さんは「栗田さん、それだけ食ってれば、何したところで無理だよ」と笑った。

歩いていたところを自転車に変えただけで、運動量はさほど大きく変化はしていない。ただ、自転車は遠くまでいけるし、早く移動することができる。それは思いのほか、俺に自信をもたらせてくれた。パニック障害になってからの慢性的な運動不足も、少し改善されたのかもしれない。だけど、自転車に乗り出して十日程度で、目に見える変化など起こってはいない。それをさらりと指摘してしまえるなんて、案外、社長は鋭いところがある。鷹揚さが長所のように見えて、力のある人だ。いや、社長だけではない。業績を上げようという目標が社内にないだけで、栗田金属のみんなは仕事ができないわけではない。

藤沢さんが休んでいた間、仕事は何一つ滞《とどこお》らなかった。今まで誰かが休んでも困ったことが起きないのは、一人一人の仕事量がたかが知れているのと、誰がやったところで変わらない仕事ばかりだからだと思っていた。だけど、藤沢さんは、事務に雑務に客の応対にと忙しく動いている。四日も不在となるとたいへんだろうと思ったが、藤沢さんがいなくても仕事がやりにくくなることはなかった。事務は住川さんが、客の応対は社長が、そのぶん増える仕事を鈴木さんと平西さんが、誰にもわからないくらいの感覚で、きっと本人たちも気づかないくらいの自然な動きでカバーしていた。自分がどれだけ仕事をしているかや、努力しているかをアピールしないだけで、有能な人間が、少なくとも俺よりは力のある人たちが栗田金属には集まっている。うすうす感じていたことは、藤沢さんの不在で明らかになった。

パニック障害の俺には居心地のいい楽な職場だ。だけど、やりがいのないつまらない職場でもある。そんなことを考えていたのは、とんでもないおごりだったのかもしれない。パニック障害の俺ですら、気を遣いすぎる藤沢さんですら、居心地がいいのだ。それは決して仕事が楽だからではない。栗田金属のこのメンバーで作ってきた会社の空気があってこそだ。

お守りのお礼を送ったあと届いた、辻本課長からの手紙には、

どんな職場であろうと、嬉々としていろんなことをやろうとしている山添君の姿が目に浮かびます。実際にそのように動けない状況であったとしても、君の心はいつだってそうしたがっているんだろうな。そう思っています。

と書いてあった。

辻本課長が見ていたころの俺と、今の俺とはまるで違う。仕事はできないし、動きも緩

慢だし、頭も冴えていないし、コミュニケーション能力に至っては十分の一になっている。

でも、俺は仕事が好きだった。自転車を漕ぐこと、和菓子を食べること、音楽を聴くこと。それらが好きであったのと同じように、仕事に夢中だった。覚えたての仕事が少しずつ身についていて、いろんな発想を形にしていく。それがとても楽しかった。

俺はパニック障害なのだ。集団行動に、電車移動に、外食。苦手なことはやる必要がない。無理をしてしんどくなれば、もっと重い症状を抱えることになる。そうやって、いろんなことを自分から切り離していた。だけど、好きなことまで遠ざける必要はない。俺にはひそかに祈ってくれる人がいるのだから。

「そういえば、お守りありがとうございました」

アンパンの次にクリームパンの封を開けようとしている社長に俺はそう言った。

「お守り……、ああ、えっと、あれね」

社長は悪いことが見つかった子どものような顔で「えへへ」と頭をかいた。

「鞄の中に入れて持ち歩いてます」

「そりゃよかった。あ、そうそう、ぼく、お守りを入れようとしたら、一緒に間違えて自分の分も入れちゃってさ。悪いと思いながら、山添君家《ち》の郵便受け開けたら他にもお守りが入ってたよ。お守りが裸のままだったから、勝手に一緒に袋へ入れさせてもらったけど」

「ありがとうございます」

「山添君、お守りよくもらうんだね」

「まあ……」

「たくさんの人に案じてもらえるなんてすごいよ。ぼくは人にお守りなんてもらったことないから、うらやましい」

社長は「そりゃ、こんなじじいだからだな」と笑った。

お守りはありがたい。案じてもらえるのもうれしい。でも、俺はまだ二十代だ。過去より未来のほうがきっと長い。そして、まだまだ自分の力で動くことができる。祈ってもらってばかりいる場合ではない。


「企画書って、山添君が作るの？」

金曜、仕事の帰り道。自転車を押しながら、藤沢さんと並んで歩いた。

「企画書と言うと大げさに聞こえてしまいますけど、おもしろそうだなと思うことを挙げてみようかと」

「なんか、すごいね」

「まだぼんやりとした状態ですけどね」

「突如やる気がわいてきたんだ。いったい、どうして？」

「こないだ、社長に体が締まったし顔色もずいぶんいいねって言われたんです」

藤沢さんは俺の体を見回して、「そうかなあ」と首をかしげた。

「相変わらず失礼ですよ。まあ、自分でも気づかなかったんですけどね。でも、たぶん、自転車に何回か乗ったせいか、少しは健康的に見えたのかも」

「なるほど。運動って大事だね。それで？」

「社長ってすごい人だなと。一社員のそんなかすかな変化に気づくなんて」

「優しい人だもんね」

「優しいだけでは、わずかな変化には気づけませんよ。社長は鋭いできる人なんです」

「そうなの？」

藤沢さんはあまり納得できない顔をした。社長は穏やかさだけが取り柄のように、いつもゆったりしているから無理もない。

「そうですよ。栗田金属にいるのは、寛大でできる社長に、有能な社員。まさにこれから発展する会社です」

「有能な社員って誰？」

「全員です」

俺が言うと、「私を勝手に入れないでよ」と藤沢さんは肩をすくめた。

「この間、藤沢さん四日も休んだじゃないですか。それなのに、とくに困ることはなかったんです」

「そりゃそうだよ。私たいしたことしてないから」

「いいえ。藤沢さん、けっこうな仕事こなしてますよ。けれど、みんなそれなりに動いて、誰も負担を感じない程度に埋めることができたんですよね」

「そうなんだ」

「六十歳を超えてるのに平西さんのあのフットワークの軽さ。平西さん、取引先の人の誕生日、みんな知ってるんですよ。鈴木さんだって商品についての知識が豊富だし。鈴木さんは釘一本についてでも三十分は語れます」

「すごい」

藤沢さんは目を大きく開いて、俺の顔を見た。

「でしょう。ぼくも驚きました」

「違うよ。鈴木さんが商品に詳しいことや平西さんがお得意さんと親しいのはわかってるよ。そうじゃなくて、山添君が知ってたことにびっくりだよ。そんなにみんなと話してたんだ」

「いえ、ぼくはしゃべってませんけど、職場でみんなが話してるのを聞いて、そうなんだなと」

「それだけ人のことに興味持つって、山添君、山添君じゃないみたい」

どういうことだ。でも、藤沢さんはうれしそうに話してるから、きっとほめてくれているのだろう。

「ということで、いくつか方法を考えてみようかなと思ってます」

「方法？」

「この会社が発展するような」

「たとえばどんなの？」

藤沢さんは思ったとおり、わくわくした顔を向けてくれた。

「栗田金属って会社の規模の割には商品の種類多いですよね。釘にしろ、板にしろ」

「そうかな」

「金物屋やホームセンターの人だけじゃなく、みんなも手にしたい商品、多いんじゃないかと。専門的なものって見るの楽しいですし、今、手作りする人も増えてますしね」

「なるほど」

「月に一度か二度、日曜日とかに倉庫をオープンにしてみてはどうかと。普段入れない倉庫の商品を見られるというだけで、お得感があるでしょう」

「うんうん、いいかも」

「で、日曜出勤するわけですから、藤沢さん平日、休めばいいんですよ」

「え？　私が日曜出勤って決まってるの？」

「こういうのは、若手でやりましょう。そう言いつつ、社長も出てきそうですしね。その分、藤沢さんはＰＭＳになりそうな日、二日ほど休めばちょうどいいかと。栗田金属は社員にも優しい職場ですから」

「いろいろ考えてるんだ。でも、たいへんじゃないかな？」

「個人相手だから、大きく商品が動くことはないと思います。今の仕事量が少し増えるていどで、みんなの負担もほとんどないかと」

「すごいね、山添君。うん、すごいよ」

藤沢さんが同じことを二度言うのに、確かな気持ちになる。

「ぼく、仕事が好きだったんですよね」

「うん、わかる」

「藤沢さんもですよね？」

「私？　どうだろう……」

藤沢さんは自信がなさそうに答えたけど、休日に事務所を整理するくらいだ。仕事が嫌いではないはずだ。

「あ、倉庫のレイアウト、少し変えないとだめだよね。業者用と個人が手に取りやすい商品を区分けしたほうがいいだろうし。あと、開けるの日曜より土曜日がよくないかな。土曜日に買い物、日曜日に作業って感じの人多いような」

「そうですね。じゃあ、もう少し具体的にして、社長に話してみましょう」

「うん。社長喜ぶだろうな」

「だといいんだけどなあ」

ぼんやりとした考えが、口にすると具体的になる。漠然としたアイデアも、人と共有すると動き始める。そして、藤沢さんと話すと、本当にそれができそうな気がしてくる。

「じゃあ、また」

「うん。また」

駅に着いて、改札に向かう藤沢さんの後ろ姿を見送ってから、俺は自転車にまたがった。

倉庫の雰囲気を失っちゃいけないし、あまり殺伐としていても入りづらいだろう。入り口に看板となるものを置きたいけど、安っぽくなるのは避けたい。どんな雰囲気にするかが重要だな。それに、まずは宣伝をしないと始まらない。ホームページは私と山添君でなんとか作れるだろうけど、近所の人に知ってもらうには、チラシを作ったほうがいいかもしれない。

そんなことを考え出すと、楽しかった。

働かないと生きていけないし、仕事がなければ毎日することもない。だから会社に勤めている。けれども、仕事のもたらすものはそれだけではない。自分のできることをほんの少しでも、何かの役に立ててみたい。自分の中にある考えを、何らかの形で表に出してみたい。そういう思いを、仕事は満たしてくれる。働くことで、漠然と目の前にある大量の時間に、少しは意味を持たせられる気がする。

穏やかで居心地がいいのだけが、栗田金属のいいところだ。勝手に分析をして、自分にはこういう職場があっている。そう思い込んでいた。そのくせ、定年までこんな生活をしていていいのだろうかと不安も抱えていた。このままでは何かが足りない。どこかでそう思いつつ、どうして私はまったく動こうとはしなかったのだろう。社長はちょっとくらい間違ったところで、怒りはしない。小さな会社であるぶん、全体の仕事に関わることもできる。まじめに仕事をしていると思われたい、でも、出しゃばっているとは思われたくない。ちょうどいい感じの自分を繕《つくろ》うことだけに必死で、やりがいを作る機会が山ほどあるのを見過ごしていた。

「新聞にチラシを折り込んでもらうと、一枚三円か。けっこうかかるかなあ。それに、新聞をとってる人、少ないよね」

「ですね。近所は散歩がてらポスティングしてもいいかと。あと、スーパーとかにチラシを貼ってもらえるか交渉しましょう。まずはどれくらい宣伝費を捻出できるかですね」

山添君の提案を聞いた翌日の土曜日。会社に向かうと、山添君もいた。二人ともお互いがいることに驚きもせず、朝から一緒に倉庫の見取り図を描き、事務所でお昼を取りながら宣伝方法を考えた。

「そういえば、面接の時に、コンサルティング会社にいたなら栗田金属のことも頼むよって、社長、山添君に言ってたよね」

「そうでしたっけ？」

「まさか本当に実現するとは思ってなかっただろうな」

「面接の時は体調もよくなくてぼんやりしてたから、やりとり、まったく覚えてないんですよね」

山添君はおにぎりを口にしながら言った。

「よく雇ってもらえたね」

「社長、才能を見出す力あったんですね」

山添君が言うのに、二人で吹き出した。

「でも、ＰＭＳの藤沢さんに、パニック障害の俺。業績を上げる必要もない会社だから、人助け的な感覚で雇ってくれているのかと思ってたんですけど、ずいぶん失礼な思い上がりでした」

「違うの？」

私もそう思っていた。ＰＭＳを明らかにして、面接で合格を出してくれたのは栗田金属だけだ。人はいくらでもいる。イライラしていつ休むかわからない人間を好き好んで雇う必要はないだろう。社長が行き場のない私に同情したのかと思っていた。

「栗田金属は慈善事業でやってるわけではないですからね。成果を求めているはずです」

「まあ、お給料はもらってるもんね」

「この会社、俺たち以外みんな六十歳前後ですよ。それをここにきて、若手を二人も、しかも転職組の俺たちを入社させたということは、なんらかの変化を会社にもたらしてくれることを想定したんじゃないでしょうか」

「そういう考えもあるのかなあ」

私は温かいお茶を飲みながら言った。そこまでの発想、私には一つもなかった。たぶん、社長も同じだと思う。若い人間が来て活気が出たらいいな、それくらいのはずだ。

「緩やかな中で得られる心地よさだけで生きていくには、ぼくたち、まだ若いですもんね」

山添君はそう言うと、パソコンを立ち上げた。ホームページを作ってみるらしい。

「突然走り出して無理しないでよね」

「無理しないですよ。土日働く分、平日の休みを社長に申し出るつもりです。働きやすい環境ということは、今や会社の大きなイメージアップにつながりますからね」

「そうなんだ」

山添君は好きだったことを思い出したと言っていた。和菓子に自転車、そして仕事。好きだったものを再び手に入れた山添君は、すっきりとしている。

私は何が好きだっただろう。社会に出た時、何をやりたいと思っていただろう。映画を見たり、部屋の模様替えをしたり。それなりに好きなことはある。でも、希望と言えるようなものを持ったことはなかった。他人とうまくかかわって、穏やかに過ごしたい。苦手なことを避けて、嫌な思いをしないように。一日が終わるたびに、週末になるたびに、ほっとする。ずっとそんな感じで生きてきた。やりたくないことはある。だけど、私にやりたいことなどあっただろうか。

「藤沢さんは、人に喜んでもらうのが好きなんですよ」

ぼんやり考え込んでいた私に、山添君が言った。

「どういうこと？」

「人の評価を気にして、人に好かれようとしてと言うと、響きが悪いけど、単に藤沢さんは人に喜んでもらうのが好きってだけです。気を遣ってるんじゃなく、自分が好きだからやってるんですよ」

「そうなのかな」

「好きじゃないと、ここまでできないじゃないですか」

山添君は机に並べた昼ごはんを指さした。

「それが何？」

「藤沢さん、尋常でなく大食いというわけじゃないですよね？　ぼくもです。ぼくが何を食べるだろうかとあれこれ考えてくれたんでしょう」

もしかしたら山添君も会社に来てるかもしれないと、コンビニとパン屋で買ってきたものは、確かに二人で食べるには多すぎる。だけど、そこまで深く考えて用意したものでもない。山添君、好き嫌い多そうだし、文句言いそうだから迷っただけだ。

「桜餅。俺、和菓子で一番好きです」

でも、山添君がそう言って笑うのを見ると、よかったと思える。

人に悪く思われないためなのか、人に喜んでもらいたいためなのか、自分の行動の根源にあるものは自分でもわからない。けれど、嫌われたくない。そればかりだったら、みじめだ。気を遣っているわけじゃなく好きでやっている。そういうことにしておけば、気持ちは楽だ。

「そんなふうに考えられたら、少しは自分のこと嫌じゃなくなりそうだね」

「無理して好きになることもないですけどね」

おやつまで待てないと、桜餅を食べながら山添君が言った。

「そう？　自分のこと好きでいるのは基本でしょう。自分を大事にできない人間は人を大事にできないって、よく聞くよね」

「そんな理論がまかり通ったら、人を粗末にする人が続出しますよ。藤沢さんの聞き間違いじゃないですか」

「まさか」

自分を好きになることが大切だって、小学生のころから何度も聞いたことがある。そのままの自分を好きになろうって、自分を好きになれる人が他人を愛せるんだって、歌でだって小説でだってよく言っている。

「ぼくは自分が嫌いです。臆病だし、将来の見通しもゼロ。好きになれる要素がないです」

山添君はパソコンに向かっていた体をこちらに向けて、話し出した。

「そんな悲観することないだろうけど」

「悲観はしてませんよ。ただ、タコと自分が好きじゃないだけで。でも、藤沢さんを好きになることはできます」

「え?」

「自分のことは嫌いでも、藤沢さんのことは好きになれますよって言いました」

それは、私のことが好きだということだろうか。今、私は告白されているのだろうか。いや、でも、どこかおかしい。

「ちょっと待って。もう一回、わかりやすく言って」

「あ、ぼく、タコ苦手なんですよね。見た目も不気味だし、食感もゴムみたいで。どう料理したところで食べられません」

「それはいいとして、私のこと好きって言った?」

「いえ、好きではなく、藤沢さんのことを好きになることができますと言いました」

好きになることができる。聞き間違いじゃなかった。やっぱり、可能形で言っていたのだ。

「それ失礼なのか、ありがたいのかよくわからない」

「そうですか？　悪口言ってるつもりはないですけど。あ、そうだ、なんか金属ってかたいから、こんな感じどうですか？」

山添君はメモ用紙に何やら書いて私に見せた。栗田金属の文字をデザインしたものだ。

「はあ」

「気に入りません？」

「いや、いいんじゃないかな」

好きになることができる。そこにはいったいどういう気持ちが含まれているのだろう。でも、私も同じだ。山添君のことを好きになりそうではなく、好きになれる。そんな気がする。

20

　土日で藤沢さんと内容をまとめて、月曜日、みんなが帰るのを待ってから、社長に企画を提案した。一緒に話そうと言ったのに、藤沢さんは「それ、山添君の仕事でしょう」とさっさと帰ってしまった。

「すごいね、いやすごいよ」

　話を聞き終わると、社長は何回も感嘆の声を漏らして想像した以上に喜んでくれた。

「軌道に乗るのに一年はかかりそうですけど」

「かまわないよ。古びた会社も活気が出そうだし、こういうこと考えるとわくわくするな」

「よかったです。宣伝だけでも早いうちに打ち出せたらと」

「そうだな。でも、山添君、無理しないでくれよ」

「大丈夫です」

「休日まで働くなんてさ。くれぐれも体を壊すことはないようにな。給料が安い分、プレッシャーやストレスがないのだけがわが社のいいところだから」

社長はそう言ったけど、栗田金属ではどれだけ仕事が増えても、ストレスもプレッシャーも生まれそうにない。

「倉庫を開放したからと言って、そこまで忙しくはならないですし、それに、仕事がハードだからってストレスがたまるわけではないです」

「まあな。暇なのはつまらないし、しんどい状況をくぐりぬけることで喜びを得られるのも事実だけどさ。でも、ほどほどにな」

「そうですね」

「根を詰めるのはよくないからさ」

企画を聞いていた時は目を輝かせていたのに、社長は慎重だ。立ち止まりたくなる社長の気持ちはよくわかる。そして、それがわかるからこそ、そこを越えたい。

「楽しんでできますし、しんどくなんてならないですから、心配しないでください」

「だけど、体は気づかないうちに負担を抱えるから。必死になると、どうしても無理をしてしまうだろう」

「ぼくは大丈夫ですよ」

社長が静かに言葉を並べるのに、俺はきっぱりと言った。

「ぼくは?」

社長は言葉を返した。

「社長は、副社長、その、弟さんのことを思い出されてるんですよね」

触れていいことなのかどうか、わからない。でも、ここで働き続けようと今の俺は決めている。それなら、もう一歩、社長や栗田金属の中に踏み込んでもいいはずだ。

「……ああ、そうかな。そうかもな」

「弟さん、どうされたんですか？　もし、ぼくが聞いてもいいのなら」

社長の顔を見てみる。深いしわの奥にある穏やかな瞳。いつも俺を安心させてくれる目だ。

その後、社長はぼくと自分にお茶を淹れながら、栗田金属が一時とても多忙だったこと、みんなが休みなく働いていて、その時、弟さんを亡くしたことを口にした。弟さんは不調を感じながらも仕事優先で病院に行くのを後回しにしていて、受診した時には手遅れだった。まだ五十歳だったのにと。何年か経ち消化できているのだろう。社長は声を震わすこともなく、淡々と話した。

「仕事のせいじゃないですよ」

話が終わると、俺はそう言っていた。

「え？」

「弟さんが亡くなったのは病気のせいです。早めに病院に行くべきだった。それは事実かもしれないけど、栗田金属のせいで亡くなったわけじゃありません」

弟を亡くしたことで一層強くなったであろうが、周りを包み込む社長の優しさは、悲しみや後悔で作られたものではない。

揺るがない温かさは、ずっと根強く社長の中にあるものだ。そんな社長と働く、栗田金属での仕事が命を縮めることは絶対にない。

「そうなのかな」

「そうです。当然です」

「山添君は変なことに自信があるんだね」

社長はそう笑った。

「事実だからです。副社長とは会ったことはないし、当時の栗田金属のこともわかりません。だけど、ぼくは社長のことも、平西さんや鈴木さんや住川さんのことも知っています。栗田金属での仕事は、誰かを苦しめることはないはずです」

「そうだといいな。うん、本当にそうだといい」

社長はうなずいた。

「やらせてください。ぼく、仕事が好きなんです。副社長と同じように栗田金属での仕事が」

「そうみたいだね」

「じゃあ、明日からでも動き始めていいですか？」

「もちろん。山添君が平気ならだけど……」

「平気です。何かに夢中になっているときは、発作は出にくいんです」

俺の言葉に社長はゆっくりと微笑むと、

「倉庫開放なんておもしろそうだよな。よかったら、ぼくにもやらせてよ。最初はさ、取引先のご家族を招待してもいいんじゃないかな。そこから広がって……。あ、悪い。年寄りがおせっかいするとやりにくいか」

と言った。

「いえ。社長が一緒にやってくださるであろうことは、藤沢さんと既に予想済みです」

「まいったな」

社長は声を出して笑った。

「山添君はなんだっけ、ほら、えっと、そうコミュニケーション能力っていうの？　それがずいぶん高いんだな」

「コミュニケーション能力？」

「ああ、うっかり弟の話までさせられて、ぼくの行動まで予測されてさ」

社長は楽しそうに言った。

昔の俺は、誰とでも近づいて、たくさんの言葉を交わしていた。人と知り合うことも、みんなで集まることも好きだった。そのころは社交的だとよく評された。それに比べ、今の俺は、口数は当時の半分にも満たない。交友関係を広げることもなく、人と接することを避けている。

だけど、あのころの俺は、悲しい話が展開されるとわかっていて、会話を進めることができただろうか。自分の発作のことをこんなにも自然に口にできただろうか。数えきれないほど冗談を口にし、笑いあってきた。けれど、今のような話を誰かとしたことはなかった。

「楽しみだな。来週の土曜か日曜かにみんなで倉庫整理して、その次の週にプレオープンかな」

社長は立ち上がって、カレンダーをめくった。無理しないでくれってさっきまで言ってなかったっけ。俺は吹き出しそうになった。

「早いですね」

「あ、そっか。ごめん、ごめん」

「いえ、それでいきましょう。プレオープンで取引先のご家族に見てもらって、ご意見を聞いて改良して、ゴールデンウィーク初日にオープンできたらいいですよね」

「おお、そうだね。となると招待する人は……」

社長はノートを開けた。

「プレオープン用の簡単なチラシを作りますね。あと、皆さんに手に取ってもらえる商品はどんなものかをピックアップしてみます」

俺もパソコンを立ち上げる。

「うち残業代出ないんだけど」

「知ってます。また暇そうな時早退か遅刻しますんで」

「じゃあ、火曜か水曜か木曜……っていつも暇だな。好きな時、気にせず休んでな」

「はい。えっと、取引先のご家族の年齢層ってわかりますか？」

「そういうの、平西さんよく知ってるよ。あの人お客さんのこと詳しいから。そこは平西さんにやってもらおう。鈴木さんは元々職人さんだから、いい商品みんなに紹介してくれるよな。彼にはアドバイザーを頼んで……」

社長はもうみんなの役割を考えている。この人はそうとう仕事が好きなのだ。遅れてはいられない。俺は、さっそくパソコンに文章を打ち込みはじめた。

＊

三月最終日。月に一度の心療内科に向かう。いつも同じ診察内容だとはわかりつつ、行かないと薬をもらえない。俺は薄青い夕方の中、自転車を走らせた。

「体調は変わらず？」

「そうですね」

「どうかな。依存性が強まるとしんどいし、調子がいいなら少しずつ減薬していこうか」

医者は一通り近況を聞いた後、いつもと同じ提案をした。普段の俺なら、「無理です」と即座に首を横に振る。依存したままでいい。発作が起こる確率が減らせるなら、薬を飲み続けたい。どうせいつ治るかわからないのだから、薬さえもらえればそれでよかった。

けれど、最近、薬に支配されていない俺はどんなふうなのかと思うことがある。

ソラナックスで穏やかになっているのではなく、パキシルでやる気が出ているのではなく、自分の意志だけで動いている自分。薬に頼ることがなくなれば、以前の俺に戻るのだろうか。

いや、それは少し違う。パニック障害が完治しても、仲間と集まったり、あちこちに出向いたり、前と同じようなことをしたいとは思えない気がする。何一つ迷いなく生きていたはずなのに、あのころの自分に戻るのはどこか違っている。だったら、今の俺はどんな人間であるのだろう。

「そうですね……、どうだろう」

俺が迷うのに、医者は少し驚いた顔を見せた。

「調子、いいんだね」

「そうでしょうか」

「顔色もずいぶんいい気がする」

「顔色……」

「少しずつ落ち着いてきているんじゃないかな」

そんなことを言うことがあるのか。俺は医者の顔をじっと見つめた。

心療内科医は自分の意見や診察結果を述べないようにしているのかと思っていた。毎回、俺に発言をさせ様子を窺《うかが》い、処方箋を与えるのが仕事だと。それが、初めてこの先生の見立てを聞いたように感じる。

「薬、減らして大丈夫でしょうか？」

「一気にではなく徐々にやればいいし、できなきゃ、また元に戻せばいいだけだからね」

医者はさらりと言った。

断薬はつらいし、一度失敗すると苦労する。そういう話は、ネットの情報で何度も読んだ。俺にそれができるのだろうか。

「たいへんだってよく聞きますけど……」

「誰から？」

「まあ、ネットで」

「でしょうね。簡単に手に入れられる情報なんて、声が大きい人のものがほとんどですよ。

山添さんのことを知っている人が発している意見ではないでしょう？」

「そうでしょうけど」

「次の診察は一ヶ月後じゃなく、一週間後にしましょう。そうすれば、次どうするのがいいか、またすぐに考えられますからね」

医者は「それでは、受付で次回の予約とってください」と言った。いつもの淡々とした調子に戻っている。

薬を減らせば、発作の回数も、不安を感じる瞬間も増えるかもしれない。それを想像すると怖い。けれど、いつ来るかわからないものにおびえて、この場から動けずにいるのはもっと恐ろしいことなのかもしれない。

もらった一週間分の薬。一日に飲む量は〇・四ミリグラム減っただけだ。手にしてみても、わからない重さ。たったそれだけを切り離すのに一年かかった。そして、またその〇・四ミリグラムがなくてはならない日に逆戻りすることがあるかもしれない。だけど、今は、単純に見せてみたい。何にも支配されていない素のままの俺を。そう、たぶん、藤沢さんに。

「さあ帰ろう」

自転車に乗って、家へと向かう。空の色はもう濃い紺へと向かっている。夕日が沈む前に帰らないと。いつも押し迫ってくる夜に焦らされ、家まで急いでいた。でも、夕日は必ず朝日になることを、今の俺は知っている。

ペダルを漕ぐたびに、春の風が体に触れる。明日は何をしようか。そんなことを考えながら自転車を進ませた。

装丁　大久保明子

瀬尾まいこ（せお・まいこ）
一九七四年、大阪府生まれ。大谷女子大学文学部国文学科卒。二〇〇一年、「卵の緒」で坊っちゃん文学賞大賞を受賞し、翌年単行本『卵の緒』で作家デビュー。二〇〇五年『幸福な食卓』で吉川英治文学新人賞、二〇〇八年『戸村飯店　青春100連発』で坪田譲治文学賞、二〇一九年『そして、バトンは渡された』で本屋大賞を受賞した。他の作品に『図書館の神様』『強運の持ち主』『優しい音楽』『僕らのごはんは明日で待ってる』『あと少し、もう少し』『君が夏を走らせる』『傑作はまだ』など多数。

夜《よ》明《あ》けのすべて

二〇二〇年一〇月二〇日　第一刷発行
二〇二三年　四 月一九日　第十二刷発行

著　者　瀬《せ》尾《お》まいこ

編集・発行人　篠原一朗

発行所　株式会社　水鈴社
ホームページアドレス　https://www.suirinsha.co.jp/
電話　〇三-六四一三-一五六六（代）
この本に関するご意見・ご感想や、万一、印刷・製本などに製造上の不備がございましたら、お手数ですがinfo@suirinsha.co.jp までご連絡をお願いいたします。

発売所　株式会社　文藝春秋
〒一〇二-八〇〇八
東京都千代田区紀尾井町三-二十三
電話　〇三-三二六五-一二一一（代）
販売に関するお問い合わせは、文藝春秋営業部までお願いいたします。

印刷所　萩原印刷
製本所　萩原印刷
校　正　坂本文

定価はカバーに表示してあります。

ISBN978-4-16-401001-3